18

북미혼 신무협 장편소설

창룡군림

PAPYRUS ORIENTAL FANTASY

1장 …………………………………… 7

2장 …………………………………… 31

3장 …………………………………… 57

4장 …………………………………… 83

5장 …………………………………… 107

6장 …………………………………… 131

7장 …………………………………… 145

8장 …………………………………… 171

9장 …………………………………… 195

10장 ………………………………… 221

11장 ………………………………… 245

12장 ………………………………… 269

1장

모두의 시선이 진무성이 가리킨 곳으로 향했다.

대단히 크고 자세한 중원 전도였다. 특이한 것은 여러 색의 선들이 어지럽게 지도에 그려져 있다는 점이었다.

"아마도 이 선들이 무엇을 의미하는지 여러분들께서는 아실 것입니다."

"상단들의 구역과 거래를 하는 상길을 그린 것이 아닙니까?"

누군가의 말에 진무성은 고개를 끄덕이며 말했다.

"역시 금방 알아보시는군요. 맞습니다. 현 천하에 제법 크다는 상단과 상회의 상권과 그들의 거래선들입니다. 그런데 이렇게 일목요연하게 지도로 정리를 하니 겹치는 것이 정말 많지 않습니까?"

 상단 간에도 유난히 자주 부딪치며 사이가 나쁜 곳도 있었고 부딪칠 일이 거의 없어서 그냥 편하게 지내는 곳도 있었다.

 다만 무림과는 달라서 시비가 생긴다 해도 국지적인 문제로 치부하여 최대한 부드럽게 넘어가고 좋은 쪽으로 해결을 하는 것이 대부분이었다.

 물론 그것은 남들 눈을 의식한 행보일 뿐, 그 안에서는 서로를 거꾸러뜨리기 위한 온갖 음모와 비리가 점철이 되어 있었다.

 "상인들의 상길이 겹치는 것은 어쩔 도리가 없습니다. 어차피 경쟁이니까요."

 호북의 대상인 왕홍삼은 그것은 아무런 문제도 되지 않는다는 듯 답했다.

 "왕 대인이시지요?"

 "호북의 태진상회를 운영하는 왕홈삼이라고 합니다."

 "각 성에는 대상이라고 불리는 큰 상회들이 있습니다. 그분들은 상단으로부터 물건을 건네받아 양민들에게 직접 판매를 하는 것으로 알고 있습니다만 맞습니까?"

 "맞습니다."

 "만약 상단에서 물건을 주지 않는다면 어떻게 될까요?"

진무성의 반문에 왕홍삼은 잠시 머뭇하더니 조심스럽게 답했다.

"당연히 상회들은 망할 겁니다. 하지만 상인들 간에는 신용이라는 것이 있습니다. 계약을 맺으면 그 기간 동안에는 어떤 일이 있어도 물건을 보내 주도록 되어 있습니다."

"상단은 계약을 지키고 싶지만 어쩔 수 없는 상황도 있지 않을까요? 그래서 좀 조사를 해 보았더니 제 예상보다 많은 상인들이 상단의 약속 불이행으로 망했더군요. 물론 상인들이 상단에서 받은 물품에 대한 대금을 지불하지 않은 경우도 꽤 많았습니다."

"그건 그때그때마다 사정이 있는 것 아니겠습니까? 어차피 상행위라는 것이 그런 위험을 다 감수할 생각으로 하는 것이라고 봅니다."

"무림인들은 언제 죽을지 모르는 위험을 감수하면서 강호 생활을 합니다. 그렇다고 그 위험을 최소화할 준비를 안 하는 것은 아니지요. 단적인 예로 무림맹 같은 경우 무분별한 전쟁이나 살인을 막기 위한 조직이 아니겠습니까?"

그러자 또 다른 상인이 손을 들며 말했다.

"그럼 진 총수님께서 그런 위험 부담을 막아 줄 대책으로 천하상인협회를 만든다는 것입니까?"

"단지 그 이유만은 아니지요. 전 지금 중원의 상권이 너무 많이 왜곡이 되어 있고 몇몇 상단에 의해 독점이 되어 있는 것이 마음에 안 듭니다. 그래서 상권의 배분과 가격의 자유화 그리고 비공정한 거래의 근절을 위해 상인들의 합리적인 조직이 필요하다고 생각했습니다."

모인 사람들의 표정이 미묘하게 갈렸다.

특히 몇몇 상단에 의해 상권이 독점되었다는 말에 상단의 총수들의 표정은 굳어졌지만 상단으로 진입을 하지 못하고 지역 대상으로 남은 자들의 얼굴에는 뭔가 기대하는 표정이 떠 오르고 있었다.

"진 총수님께서는 지금 상권을 배분한다고 하셨는데 그것이 가능하다고 보십니까?"

"아직은 모르지요. 그래도 시도해 볼 가치는 충분하다고 생각합니다. 여러분들께서 걱정하시는 것이 이익이 줄어들거나 이미 가지고 있는 이권을 빼앗기지는 않을까라는 것은 압니다. 그래서 제가 분석을 좀 했는데 예상대로 이익은 좀 줄겠더군요. 하지만 투명해진 거래 방식으로 인해 여러 이유로 부담이 되는 비용이 줄어들어 실질적으로 이익이 된다는 결과를 얻었습니다."

만약 지금 말하는 사람이 진무성이 아니었다면 아마 이들은 모두 미친놈이라며 욕과 함께 자리에서 벌떡 일어나 나가 버렸을 것이었다.

그만큼 진무성의 말은 뜬 구름 잡는 허황된 계획으로 들리고 있었다.

사공무송의 눈짓을 받은 조여창이 작심한 듯 자리에서 일어나더니 모두가 들을 수 있도록 또렷하고 큰 목소리로 말했다.

"진 총수님의 말씀은 어느 정도 이해는 갑니다. 하지만 투명한 거래라는 것 자체가 가능하지도 않거니와 억지로 시행한다고 해도 그것을 따를 사람들이 있겠습니까? 진 총수님께서는 저희 상인들이 힘이 없으니 마음대로 좌지우지할 수 있다고 생각하시는 것 같은데 저희 상인들이 힘을 합치면 황실에서도 함부로 하지 못합니다."

"맞습니다. 조 대상께서 말씀하셨듯이 상인들이 힘을 합치면 천하의 어떤 세력도 감히 건드리지 못할 것입니다. 하지만 반대로 말하면 힘을 합치지 않을 경우 매우 취약한 사람들이 상인이지요. 그래서 매년 그 지역의 무림 세력들에게 돈을 상납하는 것 아닙니까? 관원들에게 빼앗기는 뇌물도 아마 만만치 않은 액수일 거라고 생각하는데 아닌가요?"

진무성의 반문에 조여창은 반박을 하지 못했다. 그러거나 말거나 진무성은 말을 이어 갔다.

"제가 바로 천하상인협회를 출범하려는 이유 중 가장 큰 것이 바로 상인들이 힘을 합쳐 어떤 세력도 건드리지 못하는 힘을 갖자는 것입니다."

"저희 황금장은 진 총수님 의견을 백분 이해하며 총수님의 뜻을 따라 천하상인협회에 적극적으로 가입하겠습니다."

때를 잡은 듯, 송대율이 끼어들었다. 그리고 그의 동조는 반발을 하려던 상인들의 입까지 막는 효과를 만들었다.

"황금장의 송 총수님께서 이렇게 저와 의견을 같이해 주신다니 저로서는 정말 천군만마를 얻은 듯 큰 힘이 나는군요. 들은 적이 있으시겠지만 저는 저를 믿어 주는 분들에게 언제나 특별한 애착을 가지고 있습니다."

그의 말이 끝나자마자 종화려가 일어서더니 진무성에 포권을 하며 말했다.

"저희 암흑상단은 그동안 많은 오명을 가지고 있었습니다. 그래서 이번 기회에 천하상인협회에 가입하고 진 총수님을 진심으로 보좌하여 새로운 암흑상단으로 재탄생하도록 하겠습니다. 그리고 이런 기회를 주신 진 총수님께 정말 감사한 마음을 전합니다."

모두는 어안이 벙벙한 표정으로 종화려를 쳐다보았다.

그 어느 누구보다도 은밀하고 비열한 상행위를 해 온

암흑상단이 이렇게 빨리 찬성한다며 전면으로 나설 줄은 누구도 예상을 못했기 때문이었다.

암흑상단의 뒤에 암흑무림이 있음을 모르는 사람은 없었다. 그리고 지금 종화려의 행동은 암흑무림이 진무성에게 무릎을 꿇었다는 간접적인 증거라고 할 수밖에 없었다.

다시 입을 열려던 조여창은 사공무송의 눈짓에 입을 닫았다. 그리고 사공무송이 자리에서 일어났다.

"진 총수님의 말을 들어 보니 저희 상인들에게 도움이 될 만한 사안들도 많을 것 같습니다. 저희 천하상단도 진 총수님과 뜻을 같이하겠습니다."

자존심상 최대한 버티다가 사공무경의 뜻을 따를 생각을 한 그였지만 황금장과 암흑상단이 먼저 나서자 더 미루었다가는 간부진에 들 수 없다는 불안감이 올라왔다.

천하상단까지 중원 사대상단이 모두 천하상인협회에 찬성을 한 이상 다른 상단이나 대상들도 더 이상의 반박이나 반대 의견을 내는 것은 이란격석(以卵击石)이나 다름없음을 자인할 수밖에 없었다.

"제가 진 총수님께 한 가지 묻고 싶은 것이 있습니다."

다시 사공무송의 눈짓을 받은 조여창이 일어서며 말했다.

"말씀하십시오."

"만약 천하상인협회에 들지 않는 상단이나 상인들에게는 어떤 불이익이 있습니까?"

"협회에 들고 말고는 모두 개인의 판단입니다. 그런데 제가 어찌 불이익을 주겠습니까? 다만 예상치 못한 일이 벌어지거나 특별한 세력에게 위협을 받게 될 경우 도움을 주거나 하지는 않겠지요. 다시 말하지만 불이익은 없습니다. 하지만 도움도 없다는 점을 확실하게 천명합니다."

불이익은 없지만 도움도 없다.

어쩌면 원론적이고 당연한 말이었지만 진무성의 입에서 그 말이 나오자 모두에게는 엄청난 압박으로 다가올 수밖에 없었다.

진무성 정도의 인물이 마음만 먹는다면 다른 세력을 이용해 상호나 망하게 하는 일은 여반장일 것이 분명했기 때문이었다.

"천하상인협회에 들게 될 경우 협회의 규율이 있을 것 아닙니까?"

"어떤 조직도 규율이 없으면 조직이라고 할 수 없겠지요?"

"그 규율은 어떻게 정해집니까?"

"조 대상께서는 천하상인협회에 드실 생각은 있으십니까?"

"진 총수님의 답을 듣고 결정하겠습니다."

"협회의 규율은 이미 정해 놓았습니다. 하지만 그 규율은 회원이 되어야만 알 수 있습니다."

"협회란 것이 의논을 하는 것이 원칙인데 진 총수님께서 이미 규율을 모두 정해 놓으셨다는 것입니까?"

"저와 뜻을 같이 하시는 분들과 함께 의논해서 만들었습니다."

조여창의 얼굴에 땀이 흐르기 시작했다. 사공무송의 명에 따라나서기는 했지만 대화가 길어질수록 알 수 없는 중압감이 그를 짓누르기 시작했기 때문이었다.

"그, 그럼 규율이 마음에 안 들어 탈퇴를 하고 싶다면 가능은 한 것입니까?"

"언제든지 탈퇴는 가능합니다. 단 규율에 적힌 탈퇴의 조건은 충족을 해 주셔야겠지요."

말해 주지도 않는 협회의 규율, 도대체 어떤 규율이 기다리고 있을지 모두는 불안했다.

하지만 이익도 없지만 도움도 없다는 진무성의 협박 아닌 협박 역시 두렵기는 마찬가지였다.

둘 중에 그들을 더욱 두렵게 하는 것이 무엇이냐에 따라 결정이 좌우될 상황이었다.

무게 추가 결정되는 데는 그리 긴 시간이 필요하지 않

았다.

"저도 협회에 가입해진 총수님을 돕겠습니다!"

호남 대상 왕치산이 다시 불을 붙이자 우후죽순처럼 손을 들고 진무성을 돕겠다고 나서기 시작한 것이었다.

대세라는 것이 있었다. 그리고 그 대세를 따르지 않을 경우 도태되는 것은 순식간이었다.

지금의 대세는 결국 진무성일 수밖에 없었다.

그리고 모든 상황을 지켜보던 설화영의 입에서 작은 안도의 한숨이 새어 나왔다.

만약 천하상단에서 반대를 했다면 이번 출범식은 난항을 겪었을 것이고 진무성은 계획한 대로 본보기로 무엇인가를 할 생각임을 알고 있었다.

하지만 다행히 모든 것이 순조롭게 끝난 것이었다.

끝까지 가입을 하지 않은 자는 단 세 명에 불과했다.

하지만 그들 역시 진무성이 이름을 적고 나가 달라고 하자 갑자기 마음이 바뀌었다며 가입을 하고 말았다.

이름을 적으라는 말에 공포를 느꼈기 때문이었다.

"그럼 이제 회주님을 먼저 뽑겠습니다."

가입은 했지만 아직은 뭔가 불안한 듯 아무 말도 하지 않고 침묵만 지키던 정청에 송수국의 말이 퍼져 나갔다.

규율도 아직 말하지 않았고 간부진도 뽑지 않았는데 회

주부터 뽑는다고?

모두는 의아한 표정으로 고개를 들었지만 진무성이 그들을 주시하고 있는 것을 보자 급히 눈을 깔았다.

"회주님에 나서실 분이 있으십니까?"

몇몇 상인의 시선이 사공무송에게 향했다. 하지만 그는 침묵만 지킬 뿐이었다.

천하상단의 총수조차 지원을 하지 않는 상황에서 누가 있어 나설까……

결국 진무성 혼자만을 두고 찬반으로 결정하기로 했다. 그것도 거수였다.

그리고 결과는 만장일치로 진무성이 회주로 선출이 되었다.

모두의 표정은 그리 밝지만은 않았다.

마치 이미 계획되고 당연한 수순처럼 이뤄진 회주의 선출.

뭔지 모를 빠져나올 수 없는 늪에 빠진 것 같은 느낌을 받는 것은 한두 명이 아니었다.

그렇다고 불만을 표하기도 어려운 것이 스스로 겁을 먹은 것뿐, 진무성이 그들에게 직접적으로 압력을 행사하지는 않았기 때문이었다.

"저를 회주로 선출해 주신 여러분께 감사드립니다. 그

럼 이제부터 본 협회의 정강과 함께 규율에 대해 공지하겠습니다. 우선 협회원들은 협회에서 결정한 사안에 대해 어떤 결정이든 따라 주셔야 합니다."

어떤 결정이건 따라야 한단 말인가……?

모두의 표정이 굳어졌다. '어떤'이란 단어는 너무 포괄적이어서 회주인 진무성에게 그들의 목숨을 맡기는 것과 똑같았다.

그러나 반박을 하는 자들은 아무도 없었다.

천하상단과 황금장 그리고 암흑상단의 총수와 총행수가 나서지 않는데 누가 감히 나설 수 있겠는가?

황금장은 이미 진무성에게 황금장의 운명을 맡기기로 했고 종화려는 진무성의 간세가 된 상황이었다.

여전히 불만스러운 표정을 짓고 있는 사공무송 역시 사공무경의 지시를 어길 수는 없었다.

"모두 찬성하신 것으로 알고 계속 말하겠습니다. 두 번째 규율은 회원들은 매달 자신들의 매출의 일 할을 협회에 납부해야 합니다."

"진 총수! 지금 그게 말이 됩니까? 이익의 일 할도 아니고 매출의 일 할이라뇨? 그건 저희들에게 죽으라는 것이나 마찬가지입니다!"

사천의 황룡상단의 총수인 연풍설이 그것만은 받아들

일 수 없다는 듯 소리쳤다.

자신의 이익을 두 눈뜨고 빼앗기는 것은 죽음의 두려움으로도 막을 수 없는 것이 상인들의 특성이었다.

"제가 알기로는 통상 매출의 이 할 이상을 상단의 안전을 위해 사용한다고 하던데, 아닌가요?"

"맞습니다. 그러니까 협회에서 일 할을 가져간다면 저희보고 장사를 접으라는 말과 다름이 없다는 것입니다."

"아니지요. 계산은 정확하게 하셔야지요. 상단의 안전을 이제부터 천하상인협회가 책임집니다. 만약 본 협회에 가입한 상인들을 공격하는 자들은 저와 원수가 될 각오를 해야 할 테니까요. 그럼 오히려 일 할이 더 이익이 되지 않겠습니까?"

"……진 총수님께서 직접 저희들을 보호해 주시겠다는 것입니까?"

천하의 창룡이 뒤를 봐준다면 누가 있어 감히 건드릴 수 있겠는가……

일 할이라는 말에 처음 화들짝 놀라던 사람들의 표정이 펴지기 시작했다. 어쩌면 지금까지 그들의 뒤를 봐주던 어떤 무림 세력보다 더 강력한 후원자를 업게 되기 때문이었다.

"그래도 불만이 있으신 분은 지금이라도 탈퇴를 하십

시오. 상단이나 상회의 이름과 본인의 이름을 적으시고 이 방에서 나가시면 됩니다. 세 번째 규율을 들으신 후에는 탈퇴가 허용이 안 되니 지금이 마지막 기회입니다."

'여기 있는 상단과 상회의 매출의 일 할이면 실로 엄청난 액수인데 그걸 혼자 먹어치우겠다는 건가? 창룡이 안전을 보장한다는 말은 솔깃한 제안이긴 하지만 그래도 이 정도면 강탈수준인데…….'

이미 눈치가 빠른 사람들은 지금 상황이 얼마나 중요한 고비인지를 직감했다.

누군가 한 명만 탈퇴하겠다고 나선다면 따라서 탈퇴할 용의가 있는 자들이 여럿 있었지만 문제는 누가 고양이 목에 방울을 다는 첫 쥐가 될 것인지였다.

잠시 침묵 속에 서로의 눈치를 살피던 모두의 귀에 진무성의 목소리가 다시 들렸다.

"다시 말하지만 이번 규율을 들으면 탈퇴는 불가합니다. 열을 셀 동안까지도 그냥 앉아 계신다면 탈퇴까지는 하지 않으실 생각이라 판단하고 세 번째 규율을 말씀드리겠습니다."

왠지 모를 불안감이 모두의 가슴을 서늘하게 만들고 있었다. 하지만 열을 셀 동안 탈퇴를 하겠다고 나서는 사람은 결국 한 명도 없었다.

"그럼 세 번째 규율을 말씀드리겠습니다. 만약 규율을 어기거나 협회의 결정 사안 같은 비밀을 다른 사람들에게 누설할 경우 배신자로 간주 그에 상응하는 벌을 받게 될 것입니다. 물론 이제부터 탈퇴를 하려고 하거나 탈퇴를 부추기는 발언이나 행동을 할 경우에도 벌칙을 받게 될 것입니다."

진무성의 세 번째 규율을 들은 많은 상인들이 몸을 떨기 시작했다. 그리고 한 상인이 용기를 내어 물었다.

"죄송하지만 벌칙이란 어떤 것을 말하시는 겁니까?"

"벌칙이니 당연히 가장 괴로운 것이어야겠지요. 경중에 따라 다르겠지만 상단이나 상회는 전 재산을 몰수하고 그 죄가 더 중할 때는 자신은 물론 식솔들까지 모두 죽임을 당할 수도 있을 것입니다."

모두의 얼굴이 노랗게 변했다.

마지막 기회를 주었을 때 죽이되건 밥이 되건 탈퇴를 했어야 했다며 후회를 하는 자들도 있었지만 그것을 겉으로 내색할 수는 없었다.

이미 올가미에 완전히 걸려 든 꼴이 되어 버렸기 때문이었다.

"그럼 계속 규율을 말씀드리겠습니다."

이어지는 진무성의 말에 모두의 눈이 커졌다. 세 가지

로 끝날 줄 알았기 때문이었다.

"네 번째는 본 협회에 소속된 상단과 상인들은 밀수품과 마약 등 불법적인 물건의 유통을 해서는 안 되며 그런 불법적인 일을 하는 자들을 보거나 인지했을 경우 무조건 협회에 보고를 해야 합니다. 만약 보고를 하지 않거나 숨길 경우 역시 규율 위반으로 벌칙을 받게 됩니다. 다섯째……."

진무성의 규율은 무려 열 가지나 되었다. 하지만 앞의 세 규율과 다르게 나머지는 불법적인 일이나 불공정한 거래에 대한 금지 규율로 받아들이는 상인들도 처음과 같이 충격을 받지는 않았다. 그러나 상인들 사이에서는 명암이 엇갈리고 있었다.

상단이 구입한 가격에서 어느 가격 이상은 올릴 수 없다고 한 규율에서 대상들의 표정은 확 펴졌었다. 하지만 펴진 것도 잠시였다. 대상들의 상회에서 양민들에게 물품을 팔 때 이익을 과도하게 붙이는 것을 금지한다고 하자 다시 얼굴이 구겨지기도 했다.

매점매석을 금지한다는 규율에서는 자금 사정이 딸리거나 규모가 작은 대상들과 상단들은 고개를 끄덕이며 찬성을 표하기도 했다.

"제가 여러분들과 의논하여 우선 만든 규율입니다. 향

후 더 필요하다고 판단이 될 경우 더 늘어날 수도 있습니다."

열 가지 규율도 과도할 정도인데 진무성은 더 많은 규율이 생길 수도 있음을 암시했다. 말만 규율이지 사실 법이라고 해도 무방할 정도의 압박을 주는 것이었다.

"긴 시간 회의로 피곤하실 테니 잠시 휴식을 갖은 후 간부들을 선출하겠습니다."

진무성은 이들에게 생각할 시간을 좀 주어야겠다고 판단한 듯 휴회를 선언하고는 자리에서 일어났다. 그러자 누구할 것 없이 벌떡 일어났다.

진무성이 칼자루를 확실하게 잡은 것을 여실히 보여 주는 장면이었다.

"휴우~ 이건 협회의 출범식이 아니라 상계의 황제의 등극을 알리는 자리 같지 않습니까?"

진무성이 나가자 조여창이 주위를 둘러보며 선동하듯 말했다. 그의 말에 동의한다는 듯 몇몇 상인이 고개를 끄덕였지만 동조하는 자들은 아무도 없었다.

괜히 한 마디 실수로 재산을 모두 몰수당하고 가족까지 다 죽는 불상사를 겪을 수 있기 때문이었다.

조여창도 호응이 없자 더 이상 말을 잇지 못하고 사공무송을 슬쩍 쳐다보았다.

어떡하냐고 묻는 눈치였다. 사공무송은 더 이상 하지 말라는 듯 고개를 살짝 저었다. 이미 대세는 기울었다는 것을 직감했기 때문이었다.

하지만 그의 뇌리에는 의문의 그림자가 떠나지 않았다.

자신이야 사공무경의 지시가 있었으니 간신히 참았지만 산전수전 다 겪고 수많은 위험도 불사하며 자신들의 상권을 지켜 온 노회한 상단의 총수와 대상들이 이렇게 무력하게 굴복한다는 것이 이해를 할 수 없었기 때문이었다.

'진무성이 아무리 무림에서 명성이 높다 해도 이건 너무 이상해······.'

역시 사공무경이 대무신가에서 가장 중요한 조직 중 하나인 천하상단을 맡긴 자답게 매우 예리했다. 진무성이 모두에게 은연중에 섭혼술을 사용해 그들의 사고를 마비시켰기 때문이었다.

진무성에게 감히 반박을 하지 못하도록 두려움을 극대화시켰고 반대를 할 경우 진짜로 패가망신과 함께 죽을 수도 있다는 공포심을 심었던 것이다.

하지만 어찌나 교묘하게 펼쳤는지 의심하는 사공무송조차도 눈치를 채지 못할 정도였다.

단목환 등이 진무성이 상인들을 무력으로 겁박하고 심

지어 몇 명은 죽이지 않을까 걱정하도록 한 특단의 조치가 사실은 섭혼술을 사용한다는 것이었지만 그들에게 설명을 해 줄 수는 없었던 것이다.

* * *

"왜?"

"솔직히 이렇게 큰 반발없이 일이 잘 풀릴 줄은 몰랐습니다."

그녀 역시 일이 예상대로 흐르지 않을 경우 진무성이 어떤 식으로 그들을 설득할지 걱정을 했었다.

"내가 그랬잖아? 잘될 거라고."

어깨를 으쓱하며 답하는 진무성의 표정에는 회심의 미소와 함께 상인들에 대한 미안함도 살짝 묻어났다.

'미안하지만 많은 사람들을 위해 얼마간 좀 참으십시오.'

진무성은 안에서 속을 끓이고 있을 상인들을 생각하며 중얼거렸다.

그 역시 양민들인 상인들에게 섭혼술까지 사용하며 옭아맨 것이 그리 탐탁지는 않았다. 하지만 더 많은 불쌍한 백성들을 위해 반드시 한 번은 겪어야 할 일이라며 스스로를 위안했다.

    ＊ ＊ ＊

"진무성이 내게 서찰을 보냈다고?"
"예."
천존마성의 성주 만겁마종은 독심마유가 가지고 온 봉서를 받으며 고개를 갸웃했다.
"지금 천하상인협회인지 뭔지 출범식을 한다고 하지 않았느냐?"
"지금 한창 하고 있을 것입니다."
"그런데 내게 서찰을 보냈단 말이지? 이게 무슨 수작이지?"
봉투에서 천존마성 성주께라는 글자와 함께 직인까지 찍혀서 만겁마종만이 열 수 있도록 되어 있었다.
봉서를 연 만겁마종은 서찰을 천천히 읽어 나가기 시작했다. 서찰은 두 장이나 됐다.
'무슨 내용이길래 표정이 저러시지?'
독심마유는 만겁마종이 서찰을 읽어 나가면서 보이는 표정의 변화에 고개를 갸웃했다. 노한 것도 그렇다고 좋아하는 것도 아닌 뭔가 이상하다는 표정이었다.

서찰을 다 읽은 만겁마종은 잠시 생각하더니 모두에게 말했다.

"독심마유만 남고 모두는 나가 있어라."

"예!"

모두가 나가자 만겁마종은 서찰을 독심마유에게 살짝 던졌다. 그러자 서찰은 그대로 날아가 독심마유의 눈앞에서 멈췄다.

"직접 읽어 봐라."

"예!"

독심마유는 서찰을 두손으로 공손히 잡더니 읽어 나가기 시작했다.

그리고 그의 표정 역시 만겁마종과 비슷한 변화를 보이기 시작했다.

"다 읽었습니다."

독심마유가 서찰에서 눈을 떼며 말하자 만겁마종은 묘한 표정을 지며 물었다.

"네 생각은 어떠냐? 사실 난 홍항 사건으로 뭔가 바라는 것이 있을 줄 알았는데 너무 뜻밖이지 않느냐?"

"저도 좀 의외이긴 합니다. 하지만 그동안 진 문주가 벌인 행태를 보면 있을 수도 있는 일이라고 봅니다."

"그동안 벌인 행태?"

"예, 진 문주가 절강에 천의문을 세운 이후 아직 일 년도 되지 않았음에도 불구하고 모두가 입을 모아 살기 좋아졌다고 칭찬이 자자하다는 보고를 받은 적이 있습니다."

"그래 그런 보고가 있었지. 그리 중요하지 않다고 판단해서 폐기됐었지?"

"예, 무림 정세하고는 전혀 상관이 없다고 판단이 된 보고였습니다. 그런데 만약 진 문주가 양민들의 생활에 보이는 관심이 저의 생각과 달리 진심이라면 이런 부탁을 할 수도 있다고 봅니다."

"그러니까 너는 진무성이 다른 정파 놈들처럼 위선을 떠는 것이 아니라 진정으로 양민을 위해서 이런다는 것이냐?"

"서찰의 내용이 진심이라면 그렇게 판단을 할 수밖에 없습니다."

"그럼 진무성이 무림의 명성이나 권력보다 양민들 삶을 더 중시하는 정책을 쓴다 이말이냐?"

"저희가 가치가 없다고 폐기한 그의 선행에 대한 보고들이 진 문주에게는 진짜 매우 중요한 일이었다는 것이지요."

"그놈 참! 진짜 아주 특이한 별종일세······."

만겁마종은 재미있다는 듯 미소를 지었다.

2장

"어찌하시겠습니까?"
독심마유는 조심스럽게 물었다.
"천하상인협회의 출범식의 진행 상황에 대해서는 아직 연락이 없느냐?"
"상인들의 반발이 만만치 않아서 쉽게 진행이 되지는 못할 것입니다."
천존마성의 그 엄청난 악명으로도 상단은 하나도 복속시키지 못한 경험이 있는 독심마유는 아무리 진무성이라고 해도 상단들을 복속시키는 것이 쉽지 않으리라 판단하고 있었다.

"그런데 이 서찰은 그 전에 보낸 거란 말이야."

"맞습니다."

"그럼 이번 출범식을 확실하게 마무리할 자신이 있으니까 보낸 거 아니겠느냐?"

"……그렇긴 합니다만……."

진무성의 서찰에는 홍항에서 들어오는 모든 물품에 대한 구매와 운반 등 상행에 필요한 모든 일을 천하상인협회의 이름으로 할 수 있도록 허락을 해 달라는 것이었다.

그런데 세세하게 적어 놓은 조건들이 이해가 안 될 정도로 천존마성에 유리했다. 수익의 반을 천존마성에게 주겠다는 것이었다.

보통 상인들은 수익금의 일 할 이상을 달라고 하면 아예 거래 자체를 포기할 정도로 분배에 민감했다. 그런데 무려 오 할이라니……

수익금의 오할을 떼 준다면 어떤 상단도 이익을 낸다는 것이 불가능했다.

"전에 이곳에 와서 했던 약속을 지키려는 것 같긴 한데……."

진무성은 천존마성이 광동과 광서를 거쳐가는 밀수품과 마약의 유통을 막아 준다면 그에 따른 다른 손해를 보충할 방법을 만들어 준다고 약속했었다.

 그러니 진무성의 이런 제안은 이해가 될 법은 했지만, 만겁마종이 의아해하는 것이 거기에 따른 요구였다.

 우선 홍항의 감독관들을 인부들의 자치기구에 일임하고 인부들에게 걷는 수당을 없애 달라는 것이었다. 또한 홍항 전체에서 걷어 들이는 보호비 역시 반으로 줄여 달라는 것이 조건이었다.

 무림 일과는 전혀 상관이 없는 조건이었다. 심지어 간부들이 걱정하는 홍항에 대한 내정 간섭에 대한 말도 전혀 언급이 되지 않았다.

 "홍항을 오가는 모든 물품의 구매와 판매를 전부 책임지면서 수익금의 오 할을 받는다면 본 성에게는 더 이익입니다."

 "그래서 찝찝한 것 아니냐! 정파 놈이 마도인 우리에게 왜 이런 후한 제안을 하느냐 말이다. 그것도 자신과는 전혀 상관이 없는 양민들을 위해서."

 "그래서 저도 진 문주가 양민에 대한 마음이 진짜라고……."

 "알아! 이미 얘기했잖아. 그런데도 이상하게 찝찝한 걸 어떡하냐? 이걸 받아들이면 점점 수렁 속에 빠져들어갈 것 같은 안 좋은 예감이 든단 말이다."

"지금 밀수꾼 놈들과 염상들은 물론 마약상들까지 모조리 숨었습니다. 이대로 간다면 본 성의 수입이 거의 반 토막이 날 것입니다."

"그러니까 받아들여라?"

"염상은 그렇다치더라도 밀수꾼과 마약상 놈들을 다시 받아들이지 않는다면 보호비를 두 배 이상 올려야 하는데 그것보다는 이 제안을 받아들이는 것이 가장 간단하다고 판단됩니다. 더욱이 본 성은 아무것도 하지 않아도 되지 않겠습니까?"

"그건 그래. 가만히 앉아 있어도 돈이 굴러 들어온단 말이지……."

군침이 도는 표정으로 잠시 생각하던 만겁마종은 결정을 내린 듯 말했다.

"서찰에 이번 일의 주체가 천하상인협회라는 것을 정확하게 기재했다. 우선 천하상인협회가 아무 불상사 없이 출범을 하면 이 제안을 받아들인다. 하지만 출범식에 문제가 생긴다면 잠시 보류다."

만겁마종은 진무성이 상인들까지 휘어잡을 능력이 있는지 우선 보기로 했다.

'진무성…… 적으로 삼기에는 너무 부담이 가고 그렇다고 친하게 지내기에는 이상하게 불안한 놈이야…….'

자신에게 너무 유리한 제안도 뭔가 음모가 있다는 의심이 먼저 드는 이유는 마도 자체가 절대 믿을 수 없는 부류이기 때문이었다.

 스스로가 그러하니, 남을 믿기는 당연히 어려울 수밖에 없었다.

* * *

 휴식이 끝나고 다시 회의가 시작되었다.

 이번 안건은 협회가 출범하기 위해 가장 중요한 조직의 구성이었다. 우선 최고 간부회인 장로들의 선출이 시작되었다.

 장로는 총 다섯 명중 세 명은 이미 정해진 것이나 마찬가지였고 관건은 두 명이 누가 되느냐였다.

 예상대로 사공무송과 송대율 그리고 종화려가 장로로 먼저 임명이 되었다.

 사공무송과 송대율은 가볍게 많은 상인들의 추천과 찬성을 얻어 장로가 되었지만 종화려는 추천해 주는 사람이 없어 진무성이 추천을 해 주었다. 그리고 진무성이 추천을 한 이상 반대를 할 수 있는 상인은 없었다.

 모든 투표는 거수이기 때문에 진무성의 눈 밖에 날 행

동을 할 수 있는 사람은 없었다. 사공무송과 송대율 역시 진무성이 손을 들지 않았다면 장로가 될 수 없었을 것이 분명했다.

나머지 두 명의 장로 역시 진무성에 의해 결정되었다고 할 수 있었다.

사공무송의 명을 따르는 조여창 역시 장로에 나섰지만 진무성이 손을 들지 않자 추천을 했던 자들까지 손을 들지 않으면서 그대로 떨어졌다.

결국 두 명의 장로 역시 진무성에게 적극적으로 협조하던 상단의 총수와 호북의 대상이 결정되었다.

회주가 독단적으로 일을 처리할 경우 그것을 견제할 수 있는 곳은 장로회뿐이었는데 사공무송을 제외하면 모두 진무성의 뜻을 가장 먼저 따른 자들이 장로가 되었으니 조여창의 말대로 상계의 황제가 등극한 것이나 마찬가지가 되어 버린 것이다.

장로가 정해지자 실무를 담당할 간부들이 뽑기 시작했다.

장로회까지 진무성이 장악한 것을 본 상인들은 서로 자신이 실무를 돕겠다며 나섰다. 사실 협회의 실무를 그들이 직접 볼 리는 없었다.

결국 그들의 자비로 사람을 고용해 일을 볼 것인데도

갑자기 서로하겠다고 나선 것은 진무성에게 잘 보이고자 하는 마음 때문이었다.

심지어 불만을 품고 있는 자들까지도 나서고 있었으니 간부가 된 후 뭔가 세력화를 통해 자신의 입지를 넓힐 계획이었던 사공무송으로서는 최악의 상황이 되어 버린 것이었다.

'완전히 당했어. 도대체 왜 이렇게 변하는 거지…….'

사공무송은 아까 가졌던 의심이 다시 올라오기 시작했다. 수십 년 동안 그 역시 사공무경의 지시에 따라 중원의 상계를 완전 장악하려고 여러 차례 시도를 한 적이 있었다.

그를 거역한 상단들이나 대상들을 완전 망하게 하기도 하고 암살도 했었다. 그럼에도 그는 상계를 장악하는 데 실패했고 여전히 천하상단에 대항하는 상인들이 수두룩했다.

그는 뭔가 있지 않다면 이 짧은 시간에 자신의 자유를 억압받는 것을 가장 싫어하는 상인들이 이렇게 빨리 진무성에게 굴복하는 것이 말이 안 된다는 생각이 강하게 들었다.

하지만 그의 생각이 맞건 틀리건 상황은 끝나가고 있었다. 아니 이미 끝났다고 봐야 했다.

'가주님께서 이런 상황을 예상하고 계셨을까?'

사공무송은 빨리 사공무경에게 보고를 하고 다음 지시를 받아야겠다고 생각했지만 회의장을 빠져나가는 것은 쉽지 않았다.

그리고 회의가 진행이 될수록 그의 표정은 점점 일그러졌다. 신기할 정도로 천하상단과 가까운 자들은 실무 간부진에서도 전부 탈락했다.

그중에는 외부적으로는 천하상단과 사이가 안 좋은 상단으로 인식되는 자들까지 포함되어 있었다.

사공무송으로서는 의구심을 넘어 불안해지기까지 하고 있었다.

그는 진무성을 슬쩍 쳐다보았다. 하지만 그는 그쪽으로는 눈도 돌리지 않고 만족한 미소를 지은 채 회의 상황만 지켜보고 있을 뿐이었다.

그런 그의 모습이 그를 더욱 소름 끼치게 하고 있었다.

* * *

"무슨 걱정이라도 있으십니까?"

사공무경이 뒷짐을 진 채, 창밖만 보고 있자 사공무일이 조심스럽게 물었다.

"천하에 나를 걱정하게 할 수 있는 일이 있다고 보느냐?"

"다, 당연히 없으시지요. 다만 표정이 좀 굳어 있으셔서……."

"넌 초인동에 있지 여긴 왜 와서 귀찮게 하는 거냐?"

"초인동의 초인들은 다 깨워서 준비해 놓았습니다. 그래서 보고드리려고 왔습니다. 그런데 표정이 무거우셔서……."

사공무경은 계속 천기가 자신의 눈앞에서 변한 것이 영 마음에 걸렸다. 더욱 이상한 것은 분명 자신에게 안 좋은 징조 같은데 전혀 해석이 안 되는 것도 그를 짜증 나게 하고 있었다.

"정운아, 그날 일어난 일들에 대해 알아낸 것은 아직 없느냐?"

"그날 밤 그 시간에 특별한 사건은 아직까지 알아낸 것이 없습니다. 이 정도까지 찾아내지 못했다면 아무 사건도 없었던 것은 아닐까 싶습니다."

"그럴 리가 없다. 분명 천하의 정세를 뒤집을 만큼 큰 사건이 있었어야만 한다. 다시 한번 자세히 알아보도록 지시해라."

"알겠습니다."

그의 눈앞에서 나타난 천기의 변화라면 분명 그의 신상

과 연관이 있어야 했다. 그리고 그의 신상과 연관이 되려면 경천동지할 정도로 큰 사건이어야만 했다. 그런데 아무 일도 일어나지 않았다는 것은 말이 안됐다.

"창룡 그놈이 하는 그 출범식은 어찌 되고 있는 지 연락은 없느냐?"

"사공무송 총수님께서 지금까지 연락을 못하시는 것으로 보아 회의 분위기가 매우 엄중하지 않을 까 싶습니다."

"그렇다해도 천하제일의 상단으로 불리는 천하상단의 총수가 잠깐 나와서 밖에 있는 수하에게 몇 마디 던지는 것조차 어렵다는 것이 말이 되느냐?"

"저도 그게 좀 이상하긴 한데 분명 아직까지 연락은 없었습니다."

"출범식은 오늘이지?"

"유시에 정식으로 출범을 하고 술시부터 잔치가 있을 예정이라고 들었습니다."

"이제 한 시진 정도밖에 안 남았구나. 그래 어떤 수작을 부리려고 이러는지 곧 알게 되겠지."

천하에 모를 것이 없고 모든 것이 자신의 머리 안에 있다고 자신하는 그였지만 진무성이 천하상인협회를 이시기에 만드는 이유만은 여전히 추측을 하지 못하고 있었다.

대무신가의 돈 줄을 막기 위해서라는 추론은 가능했지만 그러려면 의심이 가는 상단이나 상인을 직접 제거하는 것이 간단하고 후환도 없을 방식이었다.

그런데 복잡하게 협회를 만드느니 하는 것이 이해가 되지 않았다.

진무성이 천하상인협회를 만드는 것이 무림 일과는 전혀 상관이 없다는 것까지는 짐작할 수 없었으니 어쩌면 당연한 일이었다.

"창룡 그놈이 진짜 마노야라면 사공무송으로서는 감당하기 어려운 놈이긴 하지. 그놈의 무공이 좀 문제가 있긴 했지만 내가 거두었어야 하는 건데……."

사공무경은 마교의 교주는 못됐지만 실세로서 수십 년간 마교를 이끌어온 마노야에 대해서 잘 알고 있었다.

심지어 그를 자신의 휘하로 끌어들일까 생각도 했었지만 문제는 그의 무공보다는 그의 머리가 걸림돌이 되었다.

너무 똑똑한 머리는 사공무경의 행사에 대해 의구심을 품을 수 있었다.

하지만 그가 사공무경의 일에 방해가 되지는 않는다는 판단 때문에 그대로 두었었다.

'너무 똑똑한 놈들은 역시 그냥 두면 안 돼.'

사공무경은 이번 천기의 변화에 마노야가 연관이 되어 있다고 확신하고 있는 듯했다.

그런데 마노야를 마치 어린애 취급하는 듯한 말투는 뭘까……

설마 그가 마노야보다 전대의 인물이란 말인가?

만약 그렇다면 그는 최소한 육백 년 이전부터 존재했다는 말이 되는데 그게 가능한 것일까……

진무성이 걱정한 대로 사공무경의 정체는 정말 누구도 예상하지 못한 엄청난 자일 수도 있었다.

* * *

"주군 말씀대로 동창의 특무단들이라는 보고입니다."

진무성은 적대감이 가득한 고동명과 눈이 마주친 후, 그들의 정체를 알아오도록 개방에 지시를 했다.

그에게 개방의 호법패가 아직 있기에 가능했다. 그리고 개방답게 고작 이틀 만에 그들의 정체를 정확하게 파악해 정보를 전달해 온 것이었다.

-피식!

보고서를 천천히 읽던 진무성의 입가에 비소가 나타났다. 특무단이 진무성을 목표로 조사를 나온 것 같다는 대목을 읽고 나서였다.

특무단이 누군가를 노리고 나왔다는 사실이, 역모의 조짐을 찾아내기 위해서라는 것 정도는 그도 알고 있었다.

'황실에서 드디어 나를 견제하기 시작한 것인가……? 엄귀환 제독이 요즘 힘을 잃었다는 소문이 들리더니 특무단에게까지 위엄이 안 서는 모양이군?'

엄귀환은 그와 맺은 계약을 예상외로 잘 지켜 주었다. 그런 그가 특무단이 자신을 감시하러 온 것을 모를 리 없었다. 그럼에도 이들이 나타났다는 것은 엄귀환의 권력에 균열이 가고 있음을 방증하는 일이었다.

'권력을 지켜 주겠다고 약속을 한 것이 있으니 조만간 황도에 다시 한번 들러야 할 것 같군.'

엄귀환이 착한 자는 분명 아니었지만 다른 자들에 비해 대가 약했다. 그런 만큼 진무성에게는 딱 적임자가 바로 엄귀환이었다.

보고서를 다 읽은 진무성은 주성택을 보며 말했다.

"그들이 지금 어디에 있는지는 알고 있느냐?"

"예! 알고 있습니다."

진무성은 종이에 뭔가를 적더니 주성택에게 건네며 말했다.

"그럼 가서 이걸 전해주고 그들에게 내가 좀 보자고 한다고 전해라."

"곧 전하겠습니다."

주성택이 사라지자 진무성은 설화영을 보며 말했다.

"그럼 이제 나가 볼까?"

"예~"

모든 계획이 둘의 예상보다 훨씬 더 잘 풀리고 있었지만 둘의 표정은 밝지만은 않았다.

사실 천하상인협회의 출범은 그에게 개인적으로는 매우 중요한 계획의 시작이었지만 무림 정세와는 큰 영향이 없는 일이었다.

진무성은 천하상인협회의 시작이 매우 성공적으로 보이지만 사공무경과 대무신가가 존재하고 있는 한 그 어떤 것도 완벽한 성공이라 자신할 수 없다는 것을 알고 있었다.

* * *

정식으로 천하상인협회의 출범이 공표되자 항주는 전체가 잔치 분위기로 바뀌었다.

양민들은 천하상인협회가 어떤 조직이고 또 그들의 삶에 어떤 영향을 미칠지 아무것도 몰랐다. 그럼에도 공표가 끝나자마자 환호한 것은 진무성이 시작했다는 이유 하나였다.

그만큼 진무성이 얼마나 절강의 백성들에게 신뢰와 추앙을 받고 있는지를 여실히 알 수 있었다.

거기에 더해 황금장에서 엄청난 양의 음식을 성민들에게 제공하면서 분위기는 아예 축제로 변하고 있었다.

"창룡 대협께서 절강에 오신 후, 계속 좋은 일만 생기는 것 같지 않아?"

"그러게, 요즘 같아서는 세상도 살만하지. 우리를 그렇게 괴롭히던 못된 놈들이 모두 사라졌잖아. 근래는 그 많던 도둑들조차 한 명도 안 보이더라니까!"

"다 천의문 덕분이지. 우리는 전혀 생각도 하지 않는 관보다 천의문이 우리를 더 보살펴 준다니까! 하하하!"

사람들은 하나같이 즐거운 표정이었다.

생활환경이 좋아진다는 면만 따진다면 치안이 좋아져 안심하고 살 수 있는 환경이 조성되는 것이 그 어느 것보다도 선행되어야 했다.

치안이 안 좋은 사회에서는 돈을 버는 것도 쉽지 않지만 돈을 번다 해도 언제나 불안한 생활을 해야 하니 행복을 느낀다는 것은 애초에 불가능했다.

그러나 그동안 누구도 그들의 어려움을 이해해 주는 사

람이 없었다.

심지어 당연히 양민들을 돕고 보호해야 할 관조차 그들에게는 두려움의 대상이었다.

그런데 천의문이 오면서 진짜 완벽하게 안전한 환경을 만들어 주었으니 양민들로서는 천의문에 감사를 하지 않을 수 없었다.

천의문이 이렇게 빨리 치안을 확보할 수 있었던 것은 절대 용서가 없는 진무성의 정책이 효과를 보았음을 의미했다.

물론 정파답지 않게 너무 과하다든가 심지어 잔인하다는 말도 나오기는 했지만 진무성은 초지일관 문도들에게 관용을 베풀지 말라고 지시를 해 왔었다.

어느 정도 천의문의 방식이 소문을 타기 시작하자 그때부터는 천의문에서 흑도들을 직접 찾아다닐 필요도 없었다. 그동안 두려워 고발은 엄두도 못 내던 양민들이 용기를 내어 흑도들을 고발하기 시작했기 때문이었다.

말 그대로 기호지세였다.

흑도들은 은밀하게 괴롭히는 것도 불가능해지자 결국 절강을 떠나기 시작했다. 지금까지와는 반대로 그들이 공포를 느끼기 시작한 때문이었다.

흑도들이 떠나자 그 많던 도박장도 사라졌고 마약굴도

없어졌다.

[대주 나리, 정말 목불인견(目不忍見)이 아닙니까? 전 더 이상 두고 볼 수가 없습니다. 당장 위에 보고서를 올리겠습니다.]

항주성 전체가 축제 분위기로 모두 즐거워하는 모습을 주루의 창가에 앉아 보고 있던 고동명은 매우 화가 난 표정으로 전음을 보냈다.

그의 상식은 어떤 좋은 일도 모두 황제의 덕이어야 했다. 당연히 찬양 역시 황제만이 받을 수 있었다. 그런데 지금 이곳에서는 황제에 대한 말은 전혀 나오지 않고 오로지 진무성만을 찬양하고 있었다.

[뭐라고 써서 보낼 생각인가?]

[진무성을 이대로 두었다가는 황실의 안녕까지 위협할 수 있다고 보고할 생각입니다.]

[그다음은?]

[그다음이라니요? 당연히 진무성을 황도로 압송해 추국해야 하지 않겠습니까?]

고동명의 말에 장홍길은 어이가 없다는 듯 혀를 차며 말했다.

[쯧! 쯧! 아무리 무서운 것 없이 마음대로 하며 살아왔다고 해도 세상 물정을 이렇게 모르다니 사례감 나리께

서 왜 내게 그런 당부를 하셨는지 알 것 같군!]

[아버님께서 뭐라고 하셨습니까?]

[자네가 경거망동을 하지 못하게 잘 감시하라고 하시더군. 자네는 무림인들을 누구라고 생각하나?]

[싸움만 잘하는 무식한 무뢰배들이 아니겠습니까?]

[무림인들이 고작 그런 자들이라면 왜 황실에서 매번 무림인들과 문제가 생길 때마다 살살 구슬리듯 달랜다고 생각하나?]

[그건……]

[그만큼 그들이 강하기 때문이네. 무림인들을 잡으려면 거의 변란을 진압할 정도의 군사가 동원이 되어야 하는데 이미 황실이 안정되어 있는 지금 군사를 동원하는 것이 간단한 일인 줄 아나?]

[군사까지 동원할 필요가 있겠습니까? 저희 동창의 힘만으로도 얼마든지 가능할 것입니다.]

[제황병에 대한 조사를 하기 위해 특무단 삼십여 명이 파견이 되었었네. 지금 그들이 어떻게 됐는지 아나?]

[연락이 끊겼다는 말은 들었습니다.]

[그건 동창의 사기가 떨어질까 봐 하는 얘기고, 그들은 모두 살해당했네. 그중 서철 태보감의 무공은 나에 필적할 정도였어.]

고동명의 눈이 살짝 커졌다.

장홍길은 특무단 내에서도 매우 강한 고수 중 한 명으로 알려져 있었기 때문이었다.

[그렇다고 황상이 아닌 일개 무림인을 백성들이 찬양하고 있는 것을 그냥 두고 볼 수는 없지 않겠습니까?]

[진무성은 무림인들이 인정한 최고수다. 우리가 저자에 대해 반역의 기운이 느껴진다는 보고서를 쓰는 순간 천하는 전쟁에 준하는 대혼란에 빠지게 될 것이야.]

[그럼 저런 모습을 보고도 그냥 두고 보아야 한다는 것입니까?]

[백성들이 찬양이 아니라 칭찬을 하는 것으로 볼 수도 있는 상황이네. 단지 짐작으로 황실까지 위험해지는 보고서를 보낼 생각 말고 진무성이 진짜 반역을 꾀하고 있다는 증좌를 찾게. 증좌가 있다면 진무성을 공격할 명분이 만들어지네. 그리고 명분이 생기면 다른 무림인들도 동조를 하지 않겠지. 하나 증좌 없이 진무성을 건드리면 무림 전체와 싸우게 될 수도 있다는 것을 명심하게.]

장홍길의 말에 고동명은 뭔가 불만이 가득한 표정을 지었지만 그렇다고 대놓고 반박을 하지는 않았다.

장홍길은 다른 태보감들과 달리 특무단주의 신임이 두터운 자로 그조차도 함부로 대할 수 없는 사람이기 때문이었다.

[하지만 증좌를 찾으려면 천의문을 수색하거나 해야 하는데 지금 상황으로는 불가능하지 않겠습니까?]

[오늘 출범식이 끝나면 진무성이 천의문으로 다시 돌아갈걸세. 그때 우연인 것처럼 접촉해 그의 진의를 떠볼 생각이네.]

[진무성을 직접 만나신다는 것입니까?]

[그를 직접 만나 우리의 뜻을 말하지 않고 어떻게 증좌를 찾겠나?]

[저희가 온 이유를 알면 오히려 죽이려 들지 않겠습니까?]

[만약 죽이려 한다면 그게 증좌가 될 것이니 오히려 판단이 쉬워지지 않겠나?]

[하지만 저희의 목숨을 잃을 수도 있지 않겠습니까?]

고동명은 사례감인 양부 덕분에 고생 한 번 없이 귀하게 자라 젊은 나이에 태보감에 오를 정도로 앞길이 창창했다. 당연히 그에게는 자신의 목숨이 세상에서 가장 중요했다.

[특무단에 들은 자가 목숨을 두려워하다니! 못 들은 것으로 하겠네.]

장흥길의 성격상 못 들은 것으로 한다는 것 자체가 일

종의 특혜였다.

'저게…… 단주님의 총애를 좀 받는다고 막나가네? 내가 태감을 단 이후에 두고 보자!'

현 상황으로 비추어 본다면 십 년째 태보감을 하는 장흥길과 태보감이 된 지 이제 겨우 일 년 남짓 된 둘 중 누가 먼저 태감이 될 것 같냐고 사람들에게 묻는다면 백이면 최하 팔구십 명은 당연히 장흥길이라고 할 것이었다.

하지만 환관들에게 묻는다면 아마 고동명이라고 하는 자들이 압도적으로 많을 것이었다. 고동명의 뒷배가 대단하다는 것을 모두가 알기 때문이었다.

고동명이 무슨 생각을 하는지 장흥길은 전혀 궁금하지 않다는 듯 창밖으로 다시 시선을 돌렸다.

지금 그의 머리에는 진무성의 화를 돋우지 않고 대화를 나눌 방법을 찾기 위해 매우 복잡했기 때문이었다.

하지만 단숨에 그의 복잡한 머리를 풀어 줄 사람이 그들의 앞에 나타났다.

공손히 포권을 한 그는 종이 하나를 꺼내 장흥길에게 내밀었다.

"이게 뭐요?"

"천의문의 진 문주님께서 두 분을 초대하셨습니다."

순간 둘의 표정이 급격하게 굳어졌다.

설마…… 진무성이 그들의 존재를 이미 눈치채고 있었다는 말인가?

어떻게?

언제?

도저히 믿기지 않는 상황에서 둘에게서는 누구라도 느낄 정도로 당황한 모습이 나타났다.

그러자 그 주위에서 앉아 술을 마시던 자들이 하나둘 몸을 일으켰다. 장홍길과 고동명을 호위하는 특무단의 보위감들이었다.

장홍길은 급히 손을 들어 그들에게 다시 앉으라는 듯 손짓을 하고는 주성택을 향해 물었다.

"진 문주는 지금 어디 계시오?"

"황금장에서 여러 귀하신 분들과 만찬 중이십니다."

"만찬 중인 곳에 우리를 초대했다는 것이오?"

"저는 단지 초대장을 전달하는 심부름꾼입니다. 궁금하신 것은 초대장을 보시면 아실 것입니다."

고동명은 당장이라도 한 대 칠 듯한 자세로 소리쳤다.

"이분이 누구신지 알고 그따위 건방진 대답을 하는 것이냐?"

"전 제가 심부름꾼이라고 말했을 뿐입니다. 어디에서 건방짐을 느끼셨는지 모르겠습니다."

"지금 그 말대꾸하는 자체가 건방진 거다."
"그만! 미안하오. 고 태보감이 강호 경험이 적어 실례를 한 것 같소이다."
고동명을 제지한 장홍길은 정중하게 사과를 하고는 초대장을 펼쳤다.
급조한 티가 확연한 초대장의 전면에는 선명하게 천의문 문주 진무성이라고 적혀 있었다.

3장

"총수님과 이렇게 좋은 시간에 만나게 되어 너무 기쁩니다."

진무성은 뭔가 불편한 표정으로 아무하고도 대화를 하지 않고 있는 사공무송에게 다가갔다.

"진 총수님께서는 원하시는 것을 다 얻으셨는지 모르지만 다른 상인들은 모두 근심을 안고 살게 되었습니다."

"근심을 안고 살지 행복을 안고 살지는 아직 모르지요."

"진 총수께서는 세상 일이 전부 진 총수 위주로 돌아간다고 생각하시는 것 같습니다? 하긴 너무 젊은 나이에 감당하기 어려운 명성과 재산을 가지셨으니 모든 것이 다 쉬워 보이시겠지요. 하지만 저희 천하상단만 해도 거느린 식솔이 십만 명이 넘습니다. 그 가족까지 하면 수십만 명은 된다고 할 수 있지요. 다른 상단이나 대상들의 식솔과 가족들까지 합친다면 얼마나 많겠습니까? 이미 천하상인협회는 출범했으니 진 총수님의 결정에 천하의 상계에 몸담은 모든 사람들이 목숨이 달려 있다는 것을 언제나 염두에 두셨으면 합니다."

"하하하! 총수님께서 그러시니까 정말 신선하네요. 제가 알기로 천하상단에서는 한발에 피해 입은 백성들을 위해 구조 활동이나 하다못해 기부조차 한 적이 없다고 들었는데 상단 식솔들은 아주 자상하게 챙기시는 모양입니다."

사공무송의 검미가 좁아지는가 하더니 곧 펴졌다.

'이런 시건방진 놈!'

역시 노회한 상인답게 치밀어 오르는 화를 순식간에 진정하며 아무렇지도 않다는 듯 받았다.

"제가 그런 걸로 이름을 내세우는 것을 별로 좋아하지 않습니다. 그래서 익명으로 많이 도움을 줬습니다."

"오호~ 그러셨군요? 그런데 전 총수님의 성함도 아직 모르고 있습니다."

"제 이름은 제무송입니다. 아직도 제 이름을 모르시고 계셨다니 뜻밖입니다?"

"그 이름이야 천하에 모르는 사람이 없지요. 전 천하에 알려진 그 이름이 아니라 총수님의 본명이 뭔가 궁금한 겁니다."

사공무송의 얼굴이 실룩했다. 어떤 상황에서도 자신의 속 마음을 표정에 드러내지 않는 그였지만 이번 질문에는 당황과 불쾌함이 그대로 드러났다.

"아무리 진 총수님이라 해도 너무 무례한 질문 같습니다. 제가 아무리 부모의 성까지 바꾸겠습니까? 만약 제가 진 총수님께 진짜 본명이 뭐냐고 묻는다면 기분이 어떠실 것 같으십니까?"

"저야 그렇게 묻는다면 정확하게 진무성이 제 본명입니다. 라고 말씀드리겠지요. 상단의 총수님들이 안전을 위해 가명을 쓰시는 분들이 있다는 말을 들어 그냥 물어본 것뿐인데 불쾌하셨다면 사과드리겠습니다."

'이…… 이런 여우 같은 놈이!'

분명 의도를 가지고 물었다는 것을 알고 있거늘 능구렁이처럼 흘려 보내는 진무성의 말에 사공무송은 다시 분노가 올라왔다.

수많은 상인들 모임에 나갔지만 오늘 같이 관심을 받지 못한 적은 처음이었다.

그러나 그가 더욱 화가 나는 것은 진무성에게 제대로

된 반박 한 번 하지 못했다는 사실이었다.

 사공무경의 명령 때문이라고 스스로 자위를 했지만 사실 그는 사공무경의 명령이 없었다 해도 진무성에게 밀렸을 것이라는 사실을 스스로 자명하게 느끼고 있었다.

 사공무송이 말이 없자 진무성이 다시 말했다.

 "제가 사실 천하상단에 많은 기대를 하고 있습니다. 큰 도움을 주실 것이라고 믿어도 되겠지요?"

 "……허허허! 당연히 도움을 드려야지요."

 사공무송은 결국 허탈한 웃음을 짓고 말았다.

 돌아서는 진무성의 얼굴에는 회심의 미소가 그려졌다.

* * *

 황금장에 들어온 장홍길과 고동명이 안내된 곳은 귀빈청에서 그리 멀지 않은 작은 방이었다.

 안에는 여러 다과와 음식 그리고 술까지 놓인 탁자와 세 개의 의자가 놓여 있었다.

 "문주님께서 지금 연회장에 계십니다. 곧 오실 것이니 잠시 앉아 다과라도 드시고 계십시오."

 주성택은 공손히 인사를 하고는 문을 닫았다.

 "감찰 대주님, 이거 혹시 함정은 아닐까요?"

고동명의 말에 장흥길은 쓸데없는 상상하지 말라는 표정으로 말했다.

"창룡이 왜 우리를 함정으로 끌어들이겠나? 그리고 창룡이 오면 절대 무례한 행동을 하면 안 되네."

"그가 무림인이라 해도 평민입니다. 그리고 저희는 종오품인 태보감이구요. 당연히 창룡이 예를 갖추어야지요."

"황도에서는 태보감을 고위 품계를 지닌 간부라고 대접을 하지만 무림에서는 품계 같은 것 보지도 않는다네. 그들에게 우리는 환관무리 중 한 명에 불과하다는 것을 명심하게."

'아, 씨X! 대주라고 계속 대접을 해 줬더니 말하는 것이 왜이래? 아무래도 황도로 돌아가면 아버님께 말해서 이자를 한직으로 쫓아내게 해야겠어.'

고동명은 환관 무리 중 한 명에 불과하다는 말을 듣자 눈에 보이게 얼굴이 일그러졌다.

장흥길은 고동명이 마음속으로 무슨 생각하는지는 개의치 않는 듯 창가로 갔다.

그곳에서는 불을 환하게 밝힌 귀빈청의 연회 장면이 고스란히 보였다.

'중원의 재물 중 반 이상을 가지고 있는 자들의 모임이라 그런지 화려하구나.'

"문주님께서 오셨습니다!"

그때 밖에서 주성택의 목소리가 들려옴과 동시에 문이 열렸다.

장대한 체구에 아주 잘생긴 청년을 본 장홍길은 급히 공손히 포권을 하며 인사를 했다.

"동창 특무단 감찰 대주 태보감 장홍길입니다. 창룡 대협께 인사 드립니다."

"진무성입니다."

말을 마친 진무성은 뭔가 불만스러운 표정으로 인사도 하지 않고 빤히 쳐다보고 있는 고동명을 보며 역시 포권을 하며 말했다.

"진무성입니다."

하지만 고동명이 답권을 하지 않자 장홍길은 당황한 표정으로 급히 대신 인사를 받았다.

"이쪽은 저와 품계가 같은 태보감 고동명 부대주입니다. 원체 과묵한 친구인지라 인사도 잘 하지 않습니다."

말을 마친 장홍길은 고동명을 노려보고는 다시 말했다.

"저희와는 일면식도 없었는데 어찌 알고 저희를 찾으신 것인지요?"

"일면식은 있었습니다. 고 태보감께서 황금장으로 오는 길목의 주루에서 저를 보고 계시더군요. 이상할 정도로 적의를 제게 보내시는 것 같아 궁금해서 좀 알아보라고 했는데, 동창의 특무단에서 나오신 분일 줄은 몰랐습니다."

"이 친구가 과묵하기도 하지만 표정도 많이 무뚝뚝합니다. 절대 적의를 가지고 본 것은 아닐 겁니다."

"상관없습니다. 저를 죽이려고 하는 자들은 중원에 수두룩하니까요. 그런데 동창의 특무단은 아주 중요한 일이 있거나 중대한 조사를 할 때만 황도를 나오는 것으로 알고 있는데 절강에 온 것이 저 때문입니까?"

"그게……."

장홍길이 말을 하려는 순간 고동명이 끼어들었다.

"이 나라는 황상의 것이고 천하의 모든 것은 황상의 소유요. 백성들의 찬양을 황상이 아닌 자가 받는 것 자체가 역모에 준하는 죄가 될 수도 있다는 것을 모르시오!"

'이, 이놈이!'

장홍길의 얼굴이 흙빛으로 변했다. 그렇게 말했는데 결국 사고를 친 것이다.

"고 부대주! 지금 무슨 말인가!"

다른 수하였다면 당장 제압을 해서 물고라도 내야 했지만 그 역시 권력에 약한 환관이었다. 권력자의 아들에게 그가 할 수 있는 것은 소리를 치는 것뿐이었다.

진무성은 당장에 둘의 관계를 짐작한 듯 미소를 지으며 물었다.

"그러니까 지금 제가 역모를 꾸미느냐 아니냐를 조사하기 위해서 나왔다는 말이군요?"

"창룡 대협을 겨냥해서 나온 것은 아니고 그냥 통상적인 조사일 뿐입니다."

장흥길은 나름 무마를 하기 위해 다시 말을 했지만 고동명은 이대로 끝낼 생각이 없었다.

"대주님께서는 책임자로서 순리적으로 일을 풀어가시려고 하시지만 전 실무자로서 창룡 대협께 많은 의문을 품고 있다는 것을 명심하십시오."

고동명은 말을 끝내고는 스스로가 생각해도 아주 잘했다는 듯 자아 도취된 표정을 지었다.

모두가 두려워하는 창룡 앞에서 질책을 하고 경고를 했으니 자신의 용맹함이 곧 환관 조직 전체에 퍼질 것이고 그 명성은 자신의 입지를 더욱 단단하게 해 줄 것이라 믿어 의심치 않았다.

그의 이런 행동은 만용이라 보기에도 너무 유치하고 위험해서 치기라고 보는 것이 더 정확할 듯했다. 그리고 그 치기에 대한 결과는 스스로 감당할 수밖에 없었다.

"고 부대주, 도대체 왜 이러나!"

장홍길은 더 이상 참지 못하고 그의 입을 막기 위해 버럭 소리 질렀다.

"대주님, 역모가 의심되는 자에게 이렇게 부드럽게 대하는 것은 특무단의 규율을 심히 위배하는 것이라는 걸 모르십니까?"

진무성은 미소를 살짝 그리며 물었다.

"그럼 고 부대주께서는 제가 역모를 꾸민다는 증좌는 찾으셨습니까?"

"의심스러운 정황이 이렇게나 많은데 굳이 증좌가 필요하겠소?"

"동창이 원래 없는 죄도 만들어 내는 곳이라는 것은 잘 알고 있었지만 제 앞에서까지 이런 말을 할 줄은 몰랐습니다. 하하하~ 대단한 배짱이십니다."

진무성은 오히려 웃음을 보이더니 장홍길을 보며 다시 말했다.

"동창의 특무단 하면 그 위계 질서가 그 어느 곳보다도 엄중하다고 들었는데 부대주는 교육이 제대로 되지 않은 모양입니다. 거기다 대주님조차 부대주를 제대로 통솔을 못하고 있는 것 같으니 동창도 이제 슬슬 힘을 잃어가겠군요?"

"죄송합니다. 부대주가 아직 강호 경험이 부족해서 여

러모로 대협의 심기를 불편하게 해 드렸습니다. 제가 대신 사과드리겠습니다."

장홍길이 포권을 하며 사과를 하는 모습을 본 고동명은 못마땅한 표정으로 다시 나섰다.

"천하의 특무단 감찰대주께서 일개 무림인에게 너무 저자세를 보이시는 것을 위에서 아시면 뭐라 하겠습니까?"

"고 부대주는 당장 그 입을 닥치지 못하겠느냐!"

결국 장홍길은 다시 소리를 지르고 말았다. 진무성이 보는 앞에서 특무단의 대주가 부대주에게 두 번이나 질책하는 고함을 질렀다는 것이 만약 알려진다면 조롱거리가 될 것이 분명했다.

"대주님, 모든 일에는 그 이유가 있습니다. 고 부대주께서 이럴 수 있는 데에도 이유가 있겠지요. 그리고 그것은 대단한 뒷배가 되겠고요. 제 경험상 이런 분이 동창의 고위직에 올라가면 그 폐해는 모두 양민들에게 돌아가게 되지요."

"……무슨 의미이이신지?"

"고 부대주는 무림에 나와 천의문 문주이자 군림맹의 맹주인 저에게 해서는 안 될 무례를 저질렀습니다. 이런 무례를 그냥 둔다면 제 명성에 얼마나 큰 누가 될지는 아시지 않습니까?"

이미 절대자로 불리기 시작한 진무성이었다. 그런 그가 누군가에게 무례한 꼴을 당했는데 그냥 둔다면 사람들은 고동명보다 그것을 그대로 둔 진무성을 무림인들의 자존심을 무너뜨렸다며 책망할 것이 분명했기 때문이었다.

"오늘 이곳에서 벌어진 일은 절대 입밖에 내지 않을 것입니다."

장홍길은 급히 진무성을 달래려고 했지만 고동명은 여전히 상황 파악을 못한 듯 다 끼어들려고 했다.

하지만 그는 더 이상 말을 할 수가 없었다.

"우아악!"

무엇에 맞았는지 모르지만 엄청난 힘이 그의 입을 타격했고 그는 피를 철철 흘리며 비명을 지르고 말았다.

단 한 방에 고꾸라진 그의 입술은 갈가리 찢겨 원래 입술이 있긴 했나 싶을정도로 문드러졌고 피로 흠뻑젖은 그의 가슴에는 뭔가 하얀 것이 열 개가 넘게 뿌려져 있었다.

그의 이빨이었다.

장홍길은 급히 진무성을 막으려고 했지만 거대한 벽이 그의 앞을 막은 듯 나아갈 수가 없었다.

"장 대주님께서는 제가 두 분을 여기서 죽인다 하여 동창이나 특무단에서 제게 복수를 하겠다고 달려올 것이라 생각하십니까? 만약 그런 일이 벌어진다면 환관 조직 자체가 다 사라져 버릴 수도 있다는 것을 명심하십시오. 저는 한 번 품었던 살의(殺意)를 단 한 번도 접은 적이 없습니다."

장흥길은 이미 전의가 사라진 터였다.

아무런 행동도 자신에게 취하지 않았음에도 꼼짝달싹하지 못하게 만들었다는 것은 죽이는 것 역시 여반장일 것이 분명했기 때문이었다.

"고 부대주는 장인태감이셨던 고윤 나리의 아들인 사례감 고척 나리의 아들입니다. 그러니 목숨만은 살려 주십시오."

"대단한 뒷배가 있을 것은 짐작했지만 고윤 장인태감의 직계라니 대단한 정도가 아니라 엄청난 자로군요? 그런데 아십니까? 그렇게 대단한 자가 앙심을 품으면 결국은 우환거리가 됩니다. 그리고 전 그런 상황은 딱 질색이지요."

그 말과 동시에 고통 중에도 진무성을 원독 어린 눈으로 보던 고동명의 얼굴이 사색으로 굳어 가기 시작했다.

"크으…… 종오품인 태보감을 급습해 중상을 입힌 것만도 능지처사를 당할 대죄인데 죽이기까지 할 생각이냐!"

고동명은 바람 빠지는 목소리로 크게 소리쳤다. 불과 조금 전까지 고통 어린 비명을 질렀던 그였지만 진무성이 자신을 죽일 생각인 것처럼 말하자 고통이 사라져 버렸다.

고동명의 외침에도 그에게 시선조차 돌리지 않은 채 진무성이 말했다.

"장 대주님께는 세 가지 길이 있습니다. 하나는 지금 저를 막는 것입니다. 만약 그 길을 택하신다면 저는 어쩔 수 없이 대주님까지 죽일 수밖에 없습니다."

"초대를 한 사람을 이런 식으로 죽인다면 누가 있어 대협의 초대에 응하겠습니까?"

"제 걱정까지 해 주시다니 고맙긴 합니다. 하지만 전 제 명성보다 양민들에게 해가 될 자를 제거하는 것이 더 중요하다고 봅니다. 원래 두 분을 초대한 취지와는 다른 상황이 되어 버리긴 했지만 저자는 살려 둬서는 안 될 자라는 제 생각은 변하지 않습니다. 그럼 두 번째 길을 알려 드리지요."

말을 마친 진무성은 고동명을 슬쩍 쳐다보았다.

둘의 대화가 이미 자신의 죽음은 기정사실화 하고 있다는 점에서 그의 얼굴은 공포로 물들기 시작하고 있었다.

"이곳을 나가셔서 황금장 밖에 기다리고 있는 특무단의 수하들을 이끌고 저를 치러 오실 수 있습니다. 물론 그 방법 역시 대주님은 죽습니다. 수하들까지 죽음으로 내 몫 것뿐이지요."

"그렇게 되면 대협은 역적이 될 것입니다. 정말 그렇게까지 파국으로 몰아가실 필요가 있으십니까?"

"장 대주께서는 동창에서 정말 저를 역적으로 몰 것 같으십니까? 그들은 그런 결정을 할 수 없습니다. 만약 그랬다가는 황실의 안전까지 위험해질 수 있다는 것을 알 테니까요."

장흥길의 몸이 부르르 떨렸다.

진무성은 자신을 적으로 삼으면 황실이라 해도 싸우겠다고 아예 천명을 한 것이었다.

"그럼 마지막 길을 말씀드리겠습니다. 이곳을 나가 위에 고 부대주가 무림의 도의를 모르고 창룡에게 큰 결례를 저질러 죽었다고 보고하는 겁니다. 단 그럼에도 창룡에게는 어떠한 역모의 조짐도 보이지 않는다고 쓰면 완벽해지겠군요."

진무성에게 초토화된 흑도는 물론, 무림 전체가 진무성을 두려워하는 첫째 이유는 바로 적이 되는 순간 절대 용서하지 않는다는 그의 철칙 때문이었다.

거기에 더해 입밖에 꺼낸 말을 반드시 실행한다는 것도 그를 공포의 존재로 만드는 데 한 몫을 했다.

다행히 진무성은 장흥길까지는 죽이고 싶지 않은 듯 그

에게 살 수 있는 길을 열어 주고 있었다.

"제가 그런 보고서를 올린다 해도 고 부대주의 아버님이신 고척 사례감께서 절대 그냥 넘기지 않으실겁니다."

"고척 사례감에게는 제가 따로 서찰을 하나 만들어 드리지요. 그것을 전해 주십시오."

"서찰이라면 무슨?"

"고척 사례감께서 피도 한 방울 섞이지 않은 자식을 위해 자신의 목숨을 거는 도박을 할까요? 만약 저에 대해 안 좋은 식으로 대응을 하려고 하면 저와는 완전히 척을 지는 것이 됩니다. 다시 말하지만 저는 저와 척을 진 자들을 살려 둔 적이 거의 없습니다."

장홍길은 서찰이란 것이 사실은 협박문이라는 것을 직감했다. 그리고 사례감까지 죽이겠다고 협박을 할 수 있다는 것은 그만한 힘이 있음을 반증하는 것이기도 했다.

장홍길을 잠시 머뭇대더니 고동명을 보며 미안하다는 듯 말했다.

"분명 내가 이곳에 오면서 몇 번이나 경고했네. 세상은 황도와 다르다고 말인세. 미안하네. 난 창룡 대협과 황실이 싸우는 것은 절대 있어서는 안 되다고 판단했네."

말을 마친 장홍길은 자리에서 일어나더니 포권을 하며 말했다.

"세 번째 길을 택하겠습니다."

"잘 생각하셨습니다. 그리고 다시 저를 감시하라고 특무단이나 동창에서 오는 일은 더 이상 없기를 바란다는 말도 전해 주십시오."

"대, 대주님!"

장홍길이 밖으로 나가자 고동명은 다급한 표정으로 그를 불렀다.

퍽!

"어어억!"

하지만 이어진 진무성의 발길질에 그는 바람 빠진 비명을 지르며 벽으로 날아갔다.

"대, 대, 대협! 제, 제가 너무 세상을 모르고 철이 없어 감히 대협께 대죄를 지었습니다. 한 번만 용서해 주십시오."

내장 전체가 부숴진 것 같은 극심한 고통속에서도 그는 살고 싶다는 욕망 하나로 다시 입을 열었다. 심지어 말투나 표정은 아까와는 완전히 달라져 있었다.

"네가 의심을 한 것이 바로 증거라고 하지 않았나? 명색이 특무단의 부대주가 역적인 내게 살려 달라고 비는 것은 너무 모양이 나쁜 것 같다는 생각이 안 들어?"

"저를 살려 주시면 대협께 매우 도움이 될 것입니다. 동창에도 대협의 조력자가 한 명쯤 있다면 얼마나 좋습

니까?"

 고동명은 살기 위해 비굴함을 넘어 스스로 진무성의 간세가 되겠다고 자청하고 나섰다. 조금 전까지 보이던 안하무인적인 그의 태도를 생각한다면 너무 급속한 태세변환이었다.

"남의 생명은 손에 낀 먼지 만큼도 중요시하지 않는 자들의 공통점이 하나 있는데 자신의 목숨은 너무나도 중요시한다는 거지. 넌 내가 지금 무례하게 굴었다고 이러는 것 같으냐?"

"그, 그게 아니시면 무슨……?"

"나도 동창과 엮이는 거 원치 않는다. 더구나 너 같이 권력을 등에 업은 자들은 더 건드리고 싶지 않아. 그런데 넌 나를 처음 본 순간 죽음을 예약했다."

"그, 그땐 백성들이 대협께 환호하는 것을 보고 동창의 특무단으로서 임무 때문에 잠시 못 마땅한 표정을 지었을 뿐입니다. 저, 절대 대협께 억하심정이 있어서 그런 것은 아닙니다. 욱!"

 말하던 고동명은 피를 울컥 토해 냈다. 벌써 얼굴은 퉁퉁 부었고 발음도 제대로 나오지 않았다. 누가 봐도 내상을 입은 모습이었다.

"나를 죽이려고 하는 자들은 세상에 널렸고 나를 미워

하는 자들은 사방에서 나를 노려보고 있다. 그런데 그런 정도로 너를 제거하려고 작정을 하지는 않는다."

진무성은 고동명이 오늘 나타나지 않았다 해도 항주를 떠나기 전 제거할 생각을 하고 있었다.

그것은 바로 그에게서 전형적인 악인의 기운을 느꼈기 때문이었다. 사파인이나 마도인 중에는 악의 기운을 가진 자들이 상당히 많았다.

하지만 고동명 같이 선천적으로 타고난 악의 기운을 가진 자는 많지 않았다.

고동명 같은 선천적인 악을 가진 자들은 사람을 죽이고 죄책감을 느끼지 않는 정도가 아니라 살인 그 자체를 즐겼다. 그것도 그냥 죽이는 것이 온갖 고통을 주다 죽이는 자들이었다.

동정심 같은 것은 아예 형성이 되지 않아 사람들의 마음에 공감 같은 것은 할 수 없는 자였다.

그런 고동명이 권력까지 갖는다면 어떤 상황이 펼쳐질지는 보지 않아도 알 수 있었다.

고동명과 눈이 마주치는 순간 그것을 파악한 진무성은 그때 이미 그를 제거할 결심을 했었다.

그런 마음을 갖고 있는 진무성의 초대에 그가 나타난 것이다. 거기다 그에게 명분까지 만들어 주었으니 그 기회를 놓칠 이유가 없었다.

"저와 그때 눈이 마주친 것 외에는 오늘 무례를 저지른 죄밖에 없는데 왜 이러시는 겁니까?"

"네놈이 이미 죄없는 사람들을 여럿 죽였기 때문이다."

순간 고동명의 눈꺼풀이 파르르 떨렸다. 그는 환관이었다. 남자 구실을 못하는 그는 밤마다 나가 변태적인 방법으로 여인들을 죽였다.

당연히 황도는 발칵 뒤집혔지만 범인은 오리무중이자 결국 동창까지 추적대를 만들었다.

그는 자청해서 추적대장을 맡았다. 범인이 범인을 추적하니 당연히 범인이 잡힐 리 없었다.

'이, 이놈이 뭘 알고 있는 거야 뭐야?'

고동명은 지금 진무성에게 목숨을 구걸하고 있었지만 살아나기만 하면 수단방법을 가리지 않고 반드시 진무성을 찢어 죽일 생각을 하고 있었다.

그런데 갑자기 생각도 못했던 자신의 살인 행각에 대해 말을 하니 뜨끔할 수밖에 없었다.

"저, 전 죄 없는 사람을 죽인 적이 없습니다."

"아니, 넌 상당히 많은 사람을 죽였어. 왜? 살인이 바로 너의 본성이거든. 솔직히 이렇게 쉽게 죽을 수 있는 것조차 네게는 행운이다."

고동명은 자신이 살아남기는 틀렸다고 판단이 되자 본성이 터져 나오고 말았다.

"네놈이 나를 죽인다면 무사할 것 같으냐? 아버님께서 반드시 네놈을 죽일 것이다! 내 비록 이대로 죽는다 해도 귀신이 되어서라도 복수를 할 것이다."

퍽!

"커어억!"

소리를 지르던 고동명의 입에서 다시 쥐어짜는 듯한 고통스러운 신음이 터져 나왔다.

"자식이 편하게 죽는 것이 행운이라고 말해 줬는데 결국 스스로 매를 버네? 그래 악다구니를 쓰니까 미안함이 좀 사라지는 것 같구나."

말을 마친 진무성은 그의 혈도 여러 곳을 찍었다. 분신착골을 시작한 것이다. 심지어 그는 품에서 바늘처럼 깍은 대나무들을 꺼내더니 그의 몸 곳곳에 깊이 박았다.

이미 분근착골의 고통을 느끼기 시작하며 눈을 부릅떴던 고동명은 대나무 바늘들이 몸에 박히자 아예 눈동자가 보이지 않을 정도로 안으로 돌아 버렸다.

"한 시진 정도는 살아 있을 게다."

말을 마친 진무성은 그의 몸을 이불로 둘둘 감더니 주성택을 불렀다.

"주 영주."

"예! 주군."

"한 시진 후면 숨이 끊어질 게다. 그때 산에 갖다 던져 버려라."

"주군, 그래도 동창의 특무단인데 불에 태워 아예 흔적조차 없애 버리는 것이 낫지 않을까요?"

"장홍길이라는 자가 이미 알고 갔는데 흔적을 없애서 뭐하게? 그냥 던져 버려. 산 짐승들도 배는 채워야지. 나쁜 놈일수록 짐승들이 더 맛있어 한다고 하더라."

"알겠습니다."

진무성이 다시 연회장으로 가자 기명철이 주성택의 옆으로 다가서며 물었다.

"대형! 나쁜 놈들이 더 맛있다는 주군의 말씀이 사실일까요? 전 처음 듣는 소리라서 말입니다."

"주군의 말씀이야. 그냥 믿어."

"알겠습니다."

* * *

고동명을 제거한 진무성의 표정은 의외로 편치 않아보였다.

사공무경은 지금 그에게는 주적이자 대악(大惡)으로 반드시 제거해야 할 자였다. 하지만 세상은 사공무경만 제거한다고 좋은 세상이 될 것 같지 않았다.

고동명 같은 선천적인 악인들은 계속 태어나고 있었고 후천적인 악인들 역시 마도와 사파라는 이름으로 사람들을 괴롭히고 있었다.

소악(小惡)이 모이면 대악보다 더 큰 거악(巨惡)이 되는 것은 필연이었다.

'어쨌든 천하를 어지럽힐 악이 내 눈에 띈 것은 다행이었어.'

진무성은 중얼거리며 연회장 안으로 들어갔다. 그리고 그의 눈에 또 한 사람의 모습이 잡혔다. 기회가 생기면 반드시 제거해야 할 자.

사공무송이었다.

그런데 사공무송 역시 들어오는 진무성을 보고 있었다. 그 역시 호시탐탐한 진무성을 어떻게 하면 죽일까만 생각하고 있었다.

* * *

"종화려에게 연락이 왔습니다."

망혼귀계의 보고에 암흑지마황은 귀찮다는 듯 손짓을 하며 말했다.

"읽기도 귀찮다. 이미 읽어 봤을 테니 분석한 대로 보고해라."

"종화려가 천하상인협회의 간부가 되는 데 성공을 했다고 합니다."

분명 암흑상단은 무림 사대상단 중 하나로 불리고 있었다. 하지만 거의 모든 상인들의 혐오 대상인지라 이런 협회의 간부로 들어가는 것은 애초에 불가능에 가까웠다.

"……간부가 됐다고?"

"예! 천하상단의 총수와 황금장의 총수와 함께 협회의 장로단에 들어갔다고 합니다. 그런데 특이한 것이 추천을 창룡이 직접 해 주었다고 합니다. 그가 추천을 한 덕에 간부가 된 것이지요."

암흑지마황의 검미가 좁아졌다.

"창룡이 왜 암흑상단을 간부로 들인 거지?"

"확실한 것은 아니지만 짐작할 수 있는 것은 몇 가지 있습니다."

"말해 봐라."

이미 창룡이 암흑무림을 노리고 있다는 정황이 여러 곳에서 나타나고 있는 지금 종화려를 천하상인협회의 장로로 추천을 했다는 것은 의외를 넘어 의아하기까지 했다. 그는 망혼귀계가 어떤 분석을 했는지 궁금한 표정으로 그를 주시했다.

4장

 망혼귀계는 약간은 불안한 표정으로 조심스럽게 말을 이어 갔다.

 "창룡이 회주로 뽑히기는 했지만 협회란 결국 협의체입니다. 장로들을 장악하지 못한다면 회주라 해도 할 수 있는 것이 거의 없다는 말이지요. 우선 창룡은 태평상단의 총수 자격으로 장로회의의 수장이 될 것입니다. 황금장의 총수가 그의 편이라는 가정을 한다 해도 천하상단의 저력을 무시할 수 없었을 것입니다."

 "천하상단과 암흑상단이 사이가 안 좋은 것은 모르는 상인들이 없을 정도로 유명하지 종화려를 장로 자리에 앉혀 천하상단을 견제하게 한다 이 말이냐?"

"제 생각으로는 그것이 가장 타당성이 있다고 봅니다."

"흠~ 그럼 다른 이유가 있다면 무엇일 것 같으냐?"

"본 무림을 공략하기 위해 생각해 볼 수 있는 방법은 혈사련 때처럼 직접 움직여 공격해 오는 것이 있지만 저희는 총단이 어디에 있는지 알려져 있지 않습니다. 그렇다면 자금줄을 끊는 우회적인 방법을 생각할 수 있습니다. 총행수인 종화려를 옆에 두고 암흑상단의 자금 흐름을 파악하려고 할 수도 있다고 봅니다."

암흑지마황은 일리가 있다는 듯 고개를 끄덕이며 말했다.

"두 가지 모두를 원한 것일 수도 있겠군."

"창룡이 그동안 보인 행태를 보면 그는 단지 무공만 강한 것이 아니라 책사라해도 무방할 정도로 대단한 머리를 가지고 있습니다. 한시도 그자의 움직임에서 눈을 떼면 안 된다고 생각합니다."

"그놈을 죽일 방법은 없겠느냐?"

"군사부에서도 여러 가지 방법을 연구했지만 쉽지 않다는 결론에 다다랐습니다. 우선 그자의 무공이 암살을 하기에는 너무 강합니다. 더 큰 문제는 실패했을 경우 그자의 과격한 성정으로 미루어 암살을 시도한 세력을 당장 공격할 우려가 있습니다. 하지만 그자도 사람인 이상 분명 약점이 있을 것입니다. 지금 군사부에서 모든 정보를 취합해 그자의 약점을 찾고 있으니 곧 소기의 성과를 보고할 수 있을 것입니다."

"좋다. 한 번 기대해 보지. 우선 종화려에게는 창룡의 신임을 얻는 데 주력하라고 해라. 그놈 역시 종화려에게 뭔가를 얻어 내려고 하겠지만 종화려 역시 그놈 곁에 있다 보면 분명 뭔가를 얻어 내는 것이 있을 게다."

"알겠습니다."

"그리고 잘 생각했다."

망혼귀계는 갑작스러운 그의 칭찬이 무엇을 말하는지 단박에 알아채고는 그 자리에 부복했다.

"저는 림주님께 충성을 바칠 뿐입니다. 그리고 저의 머리는 오로지 림주님만을 위해 사용될 것입니다. 암흑무림이냐 대무신가냐는 제게 전혀 상관이 없습니다."

암흑지마황은 흡족한 미소를 짓고는 고개를 끄덕이며 말했다.

"너에 대한 충성에 합당한 보상이 반드시 주어질 것이다."

"황공할 따름입니다."

대무신가의 직계가 아니면 누구에게도 대무신가에 대한 비밀은 말하지 않는 것이 대무신가의 규율이었다. 망혼귀계는 그가 암흑무림을 맡으면서 얻은 수하였지만 대무신가와의 접점이 전혀 없었다.

그럴 경우 대부분은 사용하다가 이용 가치가 없으면 버리는 것이 그들의 방식이었지만 망혼귀계는 그렇게 버리기에는 너무 아까운 인재였다.

그런데 대무신가를 떠나 자신에게만 충성을 바친다고 하니 암흑지마황에게는 더욱 만족할 수밖에 없었다.

그의 진정한 적은 대무신가 내에 있기 때문이었다.

* * *

연회가 끝나고 자시를 훌쩍 넘긴 늦은 시각.

상인들이 삼삼오오 자신들의 잠자리로 돌아가자 진무성은 갑자기 천하상인협회 장로회의를 소집했다.

'도대체 상대가 생각할 시간을 주지를 않는 놈이군……'

사공무송은 여러 번 보고를 하기 위해 밖으로 나가려고 했었다. 하지만 우연인지 아니면 알고 그러는지 진무성에 의해 계속 막히고 있었다.

그리고 드디어 연회가 끝나자 빨리 빠져나가려는 그를 또다시 진무성이 잡은 것이다.

그와 함께 모인 다른 장로들도 전혀 예상치 못한 듯 불안한 표정이었다.

"죄송합니다. 모두 피곤하실 텐데 갑자기 장로회의를 연다고 해서 짜증이 나실 겁니다."

진무성이 안으로 들어서며 모두에게 사과를 하자 송대율이 급히 말을 받았다.

"회주님께서 장로회의를 연다는데 어찌 짜증이 나겠습니까? 그런데 무슨 안건이기에 갑자기 장로회의를 소집하셨는지요?"

"특별한 안건이 있는 것은 아닙니다. 하지만 생각하기에 따라서는 특별할 수도 있겠지요. 아마 모두 보고를 받으셨을 겁니다만, 황하 하류 지역에 홍수가 일어나서 수만 명의 양민들이 큰 곤란에 빠진 모양입니다. 그리고 이번 참사가 천하상인협회의 존재를 사람들에게 알릴 절호의 기회라는 생각이 들었습니다."

모두는 서로의 얼굴을 쳐다보았다.

천하의 창룡이 회주가 된 천하상인협회는 이미 그 자체만으로도 모르는 사람이 없을 정도로 유명해져 있었다. 그런데 더 알릴 것이 무엇이 있기에 절호의 기회라고 한단 말인가……

"홍수와 천하상인협회를 알리는 것과 무슨 연관이 있는 것인지 잘 이해가 안 가는군요?"

장로로 뽑힌 사천 황룡상단의 연풍설이 의아한 표정으로 반문했다.

"단지 이름을 알리는 정도라면 그럴 필요가 없겠지요. 하지만 전 천하상인협회가 출범한 것이 양민들에게 얼마나 큰 도움이 되는지를 알리고 싶다는 겁니다."

"도움이라면?"

"회원들 모두가 기부금을 갹출해 그들을 위해 사용하는 것입니다."

"기부금이요? 오늘 발족을 했는데 기부금까지 내라고 하면 반발이 있을 텐데요?"

호북의 대상으로 장로가 된 유인목이 곤란하다는 표정으로 말했다.

사실 모두는 지금 매출의 일 할을 회비로 내라는 말에 협회에 가입한 상인들이 얼마나 속앓이를 하고 있는지 잘 알고 있었다. 그런데 뜬금없이 이재민들에게 기부금을 보내자고 하면 누가 좋다고 하겠는가……

"갑작스런 홍수로 전 재산을 잃고 실의에 빠진 상황에서 역병까지 돌면서 수많은 사람들이 죽어 나가고 있습니다. 가진 것은 돈뿐인 상단의 총수와 대상들께서 그들을 도와주지 않는다면 누가 도울 수 있단 말입니까?"

"돕지 말자는 것이 아니라 회원들이……."

"제가 회원들 눈치를 보면서 결정을 한다면 협회를 출범시킨 의미가 있을까요? 전 돈을 창고에 쌓아 둔 분들이 약간의 돈을 어려운 사람들을 위해 기부 좀 하라는데 반대를 할 거라고는 생각지 않습니다. 설마 장로님들께서 반대를 하시는 것은 아니지요?"

"저희 암흑상단에서는 회주님과 뜻과 같이하겠습니다. 금자 만 냥 정도는 당장 기부할 수 있습니다."

종화려가 이때가 기회라는 듯 찬성하고 나서자 모두는 더 이상 다른 의견을 낼 수가 없었다.

"종 총행수님께서 가장 먼저 동참을 해 주시니 저로서는 정말 감사할 따름입니다."

"저희 황금장에서도 금자 만 냥을 기부하겠습니다."

송대율까지 동참을 선언하자 진무성의 시선이 사공무송에게 향했다.

"제 총수님, 어떠십니까?"

"뭘 말입니까?"

"이번 기부 사안은 제 총수님께서 앞장을 서 주시지요."

"저보고 앞장을 서라니 무슨 뜻인지 모르겠습니다?"

사공무송의 표정이 확연하게 굳어졌다. 진무성이 또 뭔가 수작을 부리려고 한다는 생각이 들었기 때문이었다.

"이번 사안은 천하상단에서 앞장을 서서 회원들을 설

득해 달라는 말입니다."

"강제입니까?"

"강제로 하시겠습니까?"

사공무송은 어느새 태연한 표정으로 미소를 띠고 있었지만 탁자 밑에 있는 그의 주먹은 마치 바위라도 부술 듯 꽉 쥐어져 있었다.

마치 덤비라고 자극한 것 같은 진무성의 태도에 그의 화가 인내심을 넘을락 말락 하고 있었기 때문이었다.

이재민을 돕는 것은 천하상인협회의 이름으로 하고 상인들에게 욕먹을 기부금 모으는 일은 자신에게 해 달라는 것은 너무 속이 뻔히 보이는 수작이었다.

특히 강제냐고 물었을 때, 아니라고 하거나 아예 강제 맞다고 했다면 견딜 만했을 것이었다.

하나 오히려 그에게 공을 넘기는 반문은 이렇게 참고 있다는 것이 스스로 대견해 보일 정도로 그의 심기를 긁었다.

하지만 그는 화를 꾹꾹 누르고는 다시 한번 진무성의 뜻대로 따라갔다.

"하하하하! 회주님의 화술은 누구도 당하지 못할 신의 경지에 오르신 것 같습니다. 당연히 자발적으로 회주님을 도와야지요. 좋습니다. 회원들은 제가 설득해 보겠습니다."

 "총수님께서 이렇게 자발적으로 도움을 주신다니 정말 감사할 따름입니다. 저도 금자 이만 냥을 기부금으로 내놓겠습니다. 기부금 역시 상단의 규모에 맞게 내놓는 것이 형평성에 맞지 않겠습니까?"

 순간 억지로 미소를 짓고 있던 사공무송의 볼이 실룩거렸다.

 다른 장로들은 금자 만 냥이나 오천 냥 정도로 끝냈다. 그 역시 그 정도로 끝낼 생각이었다. 그런데 상단의 규모를 말하며 두 배인 이만 냥을 내겠다니……

 그것은 천하상단에게는 더 내라는 강요나 마찬가지였다.

 그런 둘의 대화를 듣는 장로들도 긴장한 듯 아무도 입을 열지 않았다. 그들의 눈에도 진무성이 천하상단을 너무 몰아붙이고 있는 것이 확연히 보였기 때문이었다.

 잠시 진무성을 보던 사공무송은 다시 한번 참을 인(忍)자를 생각하며 이번에도 진무성이 원하는 대로 따라 주기로 했다.

 "그렇지 않아도 천하상단에서는 금자 삼만 냥은 기부할 생각이었습니다."

 "역시! 제 총수님의 대인적인 면모는 천하제일일 것 같습니다. 제가 경의를 표하겠습니다."

감탄의 표정을 지으며 포권까지 하며 치하를 하는 진무성의 모습은 사공무송을 더욱 열 받게 하기에 충분했다.

* * *

장로회의를 마치고 자신의 방으로 돌아온 진무성은 종이에 뭔가를 적고 있는 설화영을 보자 미소를 지으며 물었다.

"뭐 하고 있었어?"

"오늘 모였던 분들의 관상에서 제가 보거나 느낀 것을 정리하고 있었습니다."

"전반적으로 어때?"

"상인들 답게 대부분이 매우 탐욕적이에요. 지금은 상공에게 두려움을 느껴 어쩔 수 없이 따르고 있지만 언제라도 기회만 오면 협회를 떠날 분들이 많습니다."

"그렇겠지…… 그럼 떠나지 않게 할 방법이 무엇일 것 같아?"

"상공의 뜻을 따르는 것이 일방적인 손해가 아니라는 것만 각인시켜 주면 그런 생각은 하지 않을 것 같습니다. 다만 몇 분은 관상이 아주 안 좋은 분들이 있습니다. 관상이 안 좋아도 스스로의 인격으로 좋은 행동을 보이시는 분들도 있으니까 일반화하기는 어렵지만 그래도 눈여겨보시는 것이 좋을 것입니다."

관상은 타고난 것이지만 후천적인 교육이나 스스로 깨우침을 통해 관상과는 다른 행동을 하는 사람은 생각보다 많았다.

"정리가 되면 내가 참고할게."

"그래 하신 일은 잘 되셨습니까?"

"천하상단에서 내가 자신들을 의심하고 있는 것을 알고 있더군."

진무성은 사공무송이 자신의 도발에 끝까지 참는 모습을 상세하게 전했다.

사공무송은 사공무경의 지시에 따라 진무성에게 의심을 받지 않기 위해 참고 참은 것이었지만 그 점이 오히려 진무성에게 확신을 시켜 준 것이다.

"진짜 평범한 상인이었다면 분명 반발을 하고 항의라도 하는 것이 당연한데 그렇게까지 참았다는 것은 감출 것이 있다는 말이겠지요? 소첩이 보기에도 대무신가와 연관이 있는 것이 확실해 보이네요."

"사공무경에게 어떤 지시를 받고 왔는지는 알 것 같은데 왜 그런 결정을 했는지는 잘 모르겠어."

"전 알 것 같습니다."

"그래? 그럼 어디 영 매의 고견을 한 번 들어 볼까?"

"그냥 짐작일 뿐입니다. 그리고 고견이 아니라 그냥 의견입니다."

그냥 장난으로 한 말임에도 금방 정정을 해 주는 그녀의 모습이 마냥 예쁜 진무성이었다.

"알았어. 그럼 의견을 말해 봐. 사공무경이 왜 천하상단을 굳이 천하상인협회에 집어넣었을까?"

설화영도 그 문제에 대해 숙고를 했었다. 사공무경에게 그들이 모르는 다른 음모가 있을 수도 있기 때문이었다.

그리고 그녀는 몇 가지 신빙성 있는 추측을 해냈다.

"성공의 추측이 맞다면 사공무경 그자에게 가장 중요한 것은 상공을 자신이 있는 곳으로 불러들이는 것이에요. 한 마디로 천하상단 정도는 포기할 수도 있다는 것이지요."

"후후~ 영 매 말을 들으니까 내가 생각보다 더 중요한 사람이 된 것 같네?"

"중요한 사람이 된 것 같은 것이 아니라 중요하신 분이에요. 상공만이 천하를 구하실 수 있으시니까요."

"나를 그렇게 대단하게 보는 사람은 영 매밖에 없을 거야."

"아니에요. 지금 천하가 모두 상공의 눈치를 보고 있다는 것이 그것을 증명하고 있잖아요."

"영 매말이니까 믿어야지 뭐! 그럼 사공무경이 천하상단을 통해 나를 끌어들일 생각을 한 것 같다 그 말이지?"

"예. 분명 조만간에 천하상단의 총수가 어떤 구실이든 붙여서 상공을 초대할 거예요."

"오늘 불만의 기운을 풀풀 풍기면서도 미소를 지으며 참은 이유가 있었군?"

"그래서 전 그 기회를 이용해 대무신가에 큰 타격을 입힐 수도 있겠다는 생각이 들었습니다."

"어떤 생각?"

진무성은 만면에 미소를 지으며 반문했다. 그녀의 책략도 중요하지만 심각한 표정으로 말하는 그녀의 모습이 마냥 귀여운 그였다.

설화영도 진무성의 마음을 아는 듯 얼굴을 살짝 붉히며 말을 이어 갔다.

"상공의 추측이 맞다면 사공무경은 상공을 대무신가의 총가나 초인동으로 불러들여야 해요. 하지만 이미 총가의 위치가 알려진 이상 그곳으로 직접 초대를 하기는 어려울 겁니다."

"바보가 아닌 다음에야 그곳으로 초대를 하면 무조건

들키겠지."

"그렇다면 상공을 제압해서 끌고가는 방법을 생각할 수밖에 없습니다. 하지만 사공무경도 상공을 생포하는 것은 거의 불가능하다는 것을 알겁니다."

"나를 생포할 방법이라……? 뭐가 있을까?"

진무성은 자신을 생포한다면 어떤 방법을 써야 할지를 사공무경의 입장에서 생각을 하기 시작했다. 하지만 죽인다면 몇 가지 방법이 생각났지만 생포를 하는 것은 그조차도 방법을 생각해 내기 어려웠다.

"상공을 제압할 정도의 전력을 매복해 놓고 상공이 나타나면 암습을 하는 방법이 가장 먼저 떠오르지만 생포는 어렵다는 것을 그들도 알 겁니다."

"결국 방법은 사공무경이 직접 나설 수밖에 없겠군?"

"여러 가지 생각을 했지만 결국 사공무경이 나서지 않고는 방법이 없을 것 같더군요."

"그때가 사공무경을 잡을 수 있는 절호의 기회가 되겠군."

"그자가 나온다면 저희가 주도권을 가지고 그를 상대할 수 있습니다."

사공무경의 무공이 얼마나 강한지는 아무도 몰랐다. 사공무혈조차 사공무경이 무공을 사용하는 것을 본 적은 없다고 했다.

하지만 무공을 사용하지 않았을 뿐, 죽이려고 마음만 먹으면 누구라도 그 자리에서 죽일 수 있다고 했다.

과장이 섞였을 것이라고 자위를 하긴 했지만 실지로 그런 무공이 있었다.

바로 심어경(心馭境)이었다.

여의지경이라고도 불리는 생사경과 자연경을 넘어서는 무공의 최고의 경지였다.

심어경의 가장 기초 단계인 심검을 무림인들은 신의 무공이라 일컬었다.

마음만으로 죽였다면 심검보다도 높은 심즉살(心卽殺) 경지에 오른 것은 분명해 보였다.

그런 자를 일대일 대결로 이긴다는 것은 아무리 진무성이라 해도 어려웠다. 하지만 합공을 한다면 집중력을 빼앗을 수가 있으니 심어경의 사용을 어느 정도는 제어할 수 있을지도 몰랐다.

진무성이 혼자고 사공무경이 수하들을 데리고 있는 상황이라면 필패지만 사공무경이 혼자고 진무성이 조력자들과 함께 공격을 한다면 필승은 몰라도 유리한 싸움을 이어 갈 수는 있을 것 같았다.

하나, 미래를 읽고 마노야에 버금가는 최고의 책사이며

삼라만상의 변화를 모두 안다는 신의 경지에 가장 가까운 인간이라고도 할 수 있는 사공무경이 진무성에게 그런 기회를 줄 리는 만무였다.

하지만 함정에 빠지면서 역함정을 쳐 놓는다면 한 번의 기회는 얻을 수 있을지도 몰랐다.

"영 매 말을 듣고 보니 아주 준비를 확실하게 해야 할 것 같은데. 실수하면 다시는 그런 기회는 없을 테니 말이야."

사공무경 같은 자가 같은 수법에 두 번 이상 당할 리 없었다.

"천하상단의 총수에게 너무 심하게 대하지 마시고 이제부터는 조금은 친절하게 해 주세요."

"알았어. 내일부터는 깍듯이 대우를 해 줘야겠군."

"그리고 구양 어르신께서 오늘 광동으로 떠나셨습니다."

"그래? 연세도 있으신데 너무 힘든 임무를 준 것은 아닌지 불안하긴 해."

천존마성에서 진무성의 제안을 받아들인 이상 광동에 새로운 상도(商道)를 개척해야 하는데 그 일이 대단히 어려운 일이었다.

모르는 사람들은 가게를 내고 상단에서 물건을 받아 팔면 다 되는 줄 알지만 그게 그렇게 간단치 않았다. 작은 물건 하나도 가게에 진열이 되기까지는 수많은 과정을 거쳐야 했고 그 거치는 길 곳곳에는 난관이 있었다.

특히 이미 있는 상권을 다시 개척할 경우 기존의 상권의 저항까지 염두에 두어야 하기 때문에 경험이 풍부한 상인들도 쉽지 않았다.

홍항과 광동성, 광서성을 잇는 상권은 한 마디로 무법천지였다. 온갖 밀수꾼들과 마약상 그리고 나라에서 전매하는 소금을 유통시키는 염상들까지 이익을 위해서라면 누구라도 죽이는 아주 잔혹한 조직들이 난무했다. 그리고 그 뒤에는 암흑상단과 표면에는 모습을 드러내지 않는 비밀 조직이 있었다.

그리고 그 비밀 조직이 대무신가와 연관이 있다는 것은 이제 점점 확실해지고 있었다.

진무성은 천하상단이 천하제일로 불릴 정도로 거대한 상단이지만 그 하나만으로는 대무신가라는 조직의 모든 재정을 감당하기는 어렵다고 보았다.

그래서 그중 확실하게 밝혀지고 있는 홍항과 광동의 상권부터 장악해 그들의 돈줄을 차단하기로 한 것이었다.

"구양 총수님께서는 잘 해내실 겁니다. 완전 위기에 처했던 태평상단도 살려내신 분이니까요."

설화영의 말에 진무성도 혜안이 가득한 눈빛을 갖고 있

는 구양청의 얼굴을 생각했다.

 십 년 전, 태평상단은 천하상단과 곳곳에서 부딪치며 엄청난 출혈을 입었다.

 곳곳에서 그들이 직영하는 상회들이 망했고 잘 버티던 상회도 갑작스러운 화재등으로 엄청난 손실을 입고 있었다.

 구양청에 대한 암살 시도도 여러 차례 있었다.

 모두 천하상단의 짓이라는 것은 알고 있었지만 모두 정황뿐이어서 평생을 상인으로 지내며 온갖 풍상을 다 겪은 구양청조차도 손을 쓸 도리가 없었다.

 그때 그를 찾아온 사람이 바로 설화영이었다.

 그녀는 몇 가지 예지를 통해 신뢰를 쌓은 후 본격적으로 태평상단의 일에 관여하기 시작했다.

 구양청에게 그녀가 내건 조건은 하나였다. 태평상단의 지분 반을 달라는 것이었다.

 이미 중원 사대상단으로 불리던 태평상단의 반을 달라니 실로 터무니없는 조건이었지만 구양청은 그 요구를 받아들였다. 사실 그로서는 지푸라기라도 잡는 심정으로 그녀의 요구를 받아들였다고 해도 과언이 아니었다.

 그리고 그의 도박은 보기좋게 성공을 했다.

 우선 그녀의 조언대로 태평상단의 판매 물품을 이익이

큰 굵직굵직한 장사만 하는 천하상단과는 달리 이익은 적지만 양민들이 필요로 하는 싸고 좋은 물건들로 방향을 전환했다. 박리다매로 바꾼 것이었다.

또한 천하상단과의 부딪침을 피하고 그들에 대한 위협을 먼저 대처하면서 피해를 최소화했다. 또한 다음해의 기후를 예측해 거기에 맞는 상품들을 구입하여 막대한 이득을 보기 시작했다.

사실 태평상단을 구한 것은 설화영이나 마찬가지였지만 그만큼 구양청이 그녀를 믿고 따라 준 것도 성공의 비결이라고 할 수 있었다.

"그래 구양 총수님이시라면 잘 해내실 거야."

"그런데 천존마성에서 상공의 제안을 이렇게 빨리 받아들일 줄은 몰랐는데 정말 대단하세요!"

"내가 대단할 것이 뭐가 있어?"

"그러니까 상공은 아직 자신의 영향력이 얼마나 큰 지를 모르신다는 거예요. 천존마성의 성주인 만겁마종은 자신에게 이득이 된다해도 남의 제안을 받아들이지 않는 것으로 유명해요. 뭐든지 의심을 하기 때문이라고 하더라고요. 그런데 상공의 제안은 겨우 며칠만에 승낙을 했잖아요. 이건 상공에 대해 신뢰를 가지고 있어서이기도 하지만 상공의 제안을 거절하는 것이 그에게도 부담스럽었기 때문일 거예요."

"하여간에 영 매는 뭐든 내게 좋은 쪽으로 해석을 하는 것 같아. 그래도 영 매에게 인정을 받는 것 같아서 기분은 좋네."

이 와중에도 사랑이 퐁퐁 솟아나는 눈빛을 교환하고 있는 둘의 모습은 누가 보아도 천생연분이었다.

* * *

동창의 안가에 도착한 장홍길은 오늘 일어난 일이 사실인지 꿈인지를 분간하지 못할 정도로 충격에 빠져 있었다.

특무단의 최고 간부 중 한 명이 고동명의 죽음을 막기는커녕 오히려 포기하고 나오는 상황이 벌어졌다.

그의 목숨도 아까웠고 대승적인 차원에서도 고동명 한 명의 희생으로 큰 싸움을 막을 수 있다는 판단도 한 몫을 했었다.

하지만 막상 안가로 돌아와 당시 상황을 곰곰이 생각해 본 결과 자신이 얼마나 안 좋은 상황에 빠졌는지 자각할 수 있었다.

고척은 동창의 제독 자리를 노리는 사례감중 한 명이었

다. 고윤의 양자인 그의 젊을 적 모습은 고동명과 판박이처럼 닮아 있었다.

안하무인에 수시로 궁밖으로 나가 어염집 여인들을 겁탈했다. 고자인 그가 어떻게 여인을 겁탈할 수 있겠냐 싶지만 생각외로 여자를 탐닉하는 환관들은 꽤 많았다.

물론 정상적인 방법은 아니었다.

동부지사의 포도정사가 그를 범인으로 특정하고 추적을 했지만 결과는 오히려 포도정사가 자리에서 쫓겨났고 이후 온데간데없이 행방불명이 되는 일이 벌어졌었다.

이후, 고척의 만행은 더욱 심해졌다.

나이가 들면서 대놓고 하는 범행은 줄었지만 은밀하게 행하는 잔인한 범죄는 더욱 심해졌다.

그의 행동에 제동이 걸리기 시작한 것은 고윤이 사라진 몇 년 전부터였다. 같은 환관들 중에서도 그의 행동을 못마땅해 하던 자들이 그에 대해 비난을 시작한 것이다.

그리고 그 선두에는 엄귀환이 있었다. 도진개진이지만 그래도 엄귀환은 여자를 탐하지는 않았다. 그리고 어차피 권력을 공고히 하는 데 고척은 걸림돌이었다.

하지만 예상과 달리 고윤의 잔재는 여전히 막강했다. 고척은 그의 동조자들을 끌어모았고 어느덧 그 세가 엄귀환을 위협할 정도가 되어 있었다.

이번 파견에 고동명을 딸려 보낸 것은 어떤 사건을 만들어 내라는 것보다는 고동명의 지위를 올려 주기 위한 경험을 쌓게 하기 위한 것이었다.

 그런데 고척이 자신과 닮았다고 그렇게 사랑하는 고동명이 죽은 것이었다.

 '이대로 가서 보고를 한다면 난 죽는다.'

 장흥길이 살 수 있는 길은 단 하나 진무성을 물고 늘어지는 수밖에 없었다.

 지금 그가 고민을 하는 것은 물고 늘어지되, 진무성에게 유리한 진술을 하는 것이 좋으냐 불리한 진술을 하는 것이 유리하냐였다.

 그리고 그의 결정에 의해 천하는 또 다른 혼란에 빠질 수도 있었고 권력구도에도 큰 변화를 일으킬 수 있었다.

 '내가 살 길은 이것밖에 없다.'

 장흥길은 드디어 결정을 한 듯 앞에 놓인 붓을 들어 보고서를 작성하기 시작했다.

5장

　천하상인협회가 정식으로 발족을 하자마자 황하 유역의 이재민들을 위해 금자 이십만 냥에 달하는 식량과 옷가지 등을 보냈다는 소문이 퍼지자 천하는 다시 한번 술렁였다.
　물론 물품과 기부금은 진무성의 이름은 전혀 언급되지 않고 모두 천하상인협회의 명의로 전달이 되었다. 심지어 그 일을 주도한 사람은 천하상단이라는 말까지 퍼졌지만 사람들의 반응은 모두 진무성에게만 향하고 있었다.
　도움을 받는 당사자인 양민들은 이번에도 '역시 창룡대협!'이라며 환호할 지경이었다.
　무림인들 역시 정파에서는 대단하다는 평이 주를 이루

기는 했지만 정파의 일부와 사파와 마도는 그런 행보를 의구심이 가득한 눈으로 주시했다.

금자 이십만 냥이면 여간한 중견 문파 열 곳의 일 년 예산을 상회하는 금액이었다. 그런 돈을 아무런 이득이 없는 이재민들에게 뿌린다는 것이 그들로서는 이해가 되지 않았기 때문이었다.

이제 무림의 모든 향방은 진무성의 움직만 따라다니는 상황이 이어지고 있었다.

당연히 그의 그런 행보에 의구심을 넘어 불안해하는 부류가 없을 리 없었다.

십이 사례감이 모인 자리는 매우 침중하고 심각한 분위기가 방 안을 감싸고 있었다.

제일 상석에 앉은 엄귀환은 장흥길이 보낸 보고서를 쳐다보며 아무 말도 하지 않고 있었다.

이미 장인태감을 선출하고도 남을 시간이 흘렀지만 팽팽한 세력 속에서 아직도 장인태감은 공석이었다.

동창이라는 무력 집단의 수장인 엄귀환이 임시로 장인태감의 업무를 보고는 있었지만 회의를 주재할 뿐 고윤 같은 강력한 권위는 발휘하지 못하고 있었다.

침묵을 깨고 황실보위 사례감 우명이 입을 열었다.

"고동명은 특무단의 부대주이자 종오품에 해당하는 품

계를 지닌 황실의 고위 관직에 있는 자입니다. 그런데 일개 무부인 진무성이 무례를 저질렀다는 이유만으로 그를 죽였다고 합니다. 이 일을 그냥 묵과한다면 황실이 무림인에게 밀렸다는 오명이 퍼질까 걱정이 됩니다."

우명은 슬쩍 고척을 쳐다보며 말했다.

당사자인 고척은 이 사안에 대해 적극적인 의견을 표출하지는 못했다. 사적인 복수로 잘못된 판단을 내릴 수 있기에 사건의 당사자는 개입을 하지 못하게 되어 있었기 때문이었다.

하지만 그의 표정은 분노와 침통 그 자체였다. 비록 양부이기는 하지만 먼 친척의 자식이었으니 어느 정도 핏줄은 이어진다 할 수 있었다.

특히 고동명은 친자라고 해도 믿을 정도로 그와 흡사했고 심지어 행동거지까지 그와는 판박이였다.

그는 고동명이 태감에 봉해진 이후에도 예전처럼 빈번하지는 않아도 이따금 밖에 나가 이상한 짓을 하고 들어온다는 것을 이미 알고 있었다.

다른 부모라면 당장 치도곤을 내리고 관에는 발고하지 않는다 해도 사옥에 가둬 버릇을 고치려고 노력은 해야 할 엄청난 사안이었지만 그는 모른 척했다.

그 역시 고동명 나이에 똑같은 짓을 하고 다녔고 지금

도 별다를 것이 없는 변태 짓을 이어 가고 있었기 때문이었다. 오히려 그런 고동명이 자신과 똑 닮았다는 사실에 더욱 그를 예뻐했었다.

그런 그가 경험이나 쌓으라고 보낸 첫 강호행에서 죽고 말았다. 심지어 범인이 누구인지조차 알고 있었다.

'으드득! 창룡…… 이놈 내 반드시 가죽을 벗기고 뼈를 갈아 마실 것이야!'

고척은 살기 띤 모습으로 피라도 터져 나올 듯 주먹을 으스러지게 꽉 쥐고 있었다.

우명의 말이 끝나자 엄귀환이 기다렸다는 듯이 말을 받았다.

"우 사례감의 말씀은 지당합니다. 감히 우리 환관 조직을 이렇게 대놓고 건드린 자는 단연컨대 한 번도 없었습니다. 그런데 우 사례감께서는 원론만 말씀하셨습니다. 그럼 진무성을 어떻게 하자는 의견도 같이 제시를 해 주셔야지요."

엄귀환의 반문에 우명의 표정이 굳어졌다. 원래대로라면 당장 역적으로 공시를 하고 대대적인 인원을 급파하여 진무성을 척살하든지 추포를 하든지 해야 했다.

하지만 그 말까지는 자신의 입으로 할 수 없었다.

무림의 절대자들을 건드려서 좋은 꼴을 본 사람이 없었

기 때문이었다.

더욱이 지금 진무성의 명성은 하늘 모르게 치솟아 있어서 그를 역적으로 공시하는 순간 어떤 역풍이 불어올지 감이 안 잡힐 정도였다.

"저희들이 당위성을 말했으면 그 해결 방법은 무력을 지니고 계신 동창 제독께서 찾아야 하지 않겠습니까?"

우명이 주춤하자 고척은 참지 못하고 끼어들었다. 왕정이 피살당한 후, 현재 엄귀환의 최대 정적은 고척이라고 할 수 있었다.

사실 고척은 피살 당한 사례감을 대신해 새로 합류한 사례감 중에 지위도 가장 하위였다. 엄귀환과 권력 다툼을 하기에는 여러모로 부족한 것이 많은 자라는 말이었다.

하지만 그를 포함해 이 자리에 있는 열두 사례감 중 고윤의 덕을 보지 않은 사람은 한 명도 없었다. 고척이 고윤의 유지를 들먹이며 설득하기 시작하자 단번에 네 명의 사례감이 그에게 넘어갔다.

그리고 그동안 계속 엄귀환과 날을 세우던 우명까지 그를 은연중에 돕고 있으니 엄귀환으로서는 힘을 쓰기가 어려웠다.

동창 소속이었던 특무단을 환관 조직의 직속으로 빼앗긴 것도 그가 열세임을 보여 주는 반증이었다.

"고 사례감의 심정은 이해하지만 지금 특무단은 제 손에서 벗어났습니다. 그것을 주도한 분이 마치 제가 성의 없이 일을 하고 있는 것처럼 말씀을 하시니 솔직히 서운합니다."

"특무단이 아니더라도 동창의 요원들을 파견할 수 있지 않습니까?"

"동창의 요원들을 황도 밖으로 내보내려면 황상의 재가가 필요합니다. 그런데 이런 문제로 황상의 심기를 불편하게 할 수는 없지 않겠습니까?"

"동창 제독의 재량으로 얼마든지 내보낼 수 있지 않습니까?"

고척은 엄귀환이 황상을 전가의 보도처럼 사용하여 빠지려고 하자 매우 언짢은 표정으로 반문했다.

"제 재량으로 얼마든지 내보낼 수는 있지요. 하지만 이번은 다릅니다. 제가 내보낼 때는 요원들의 피해가 없다고 확신할 때만 보냅니다. 만약 나가서 죽기라도 하면 황상의 재가 없이 요원을 내보낸 것이 문제가 될 수 있으니까요. 지금 상대는 천의문의 문주인 창룡입니다. 천하의 혈사련조차 멸문시킨 자란 말입니다. 그렇다면 동창 역시 전멸을 할 수도 있다는 생각을 왜 못하시는 겁니까?"

엄귀환의 일리 있는 말에 고척의 얼굴이 일그러졌다.

동창은 황상의 보위를 위해 만들어진 조직이었다. 하여 동창의 요원은 원칙적으로 황도를 벗어날 수 없었다.

그래서 황도 밖의 역모 사건은 금의위가 전담했다. 고윤은 황도 밖까지 동창의 손을 뻗칠 수 있는 조직이 필요하자 황상을 설득해 특무단을 다시 만들었다.

특무단은 동창 요원은 아니었지만 동창 제독의 명을 따르게 되어 있었다. 물론 고윤이 살아 있을 때는 마치 자신의 친위대처럼 사용하기 위해 엄귀환에게 명령권을 넘겨주지 않았었다.

그리고 고윤이 사라진 지금 엄귀환은 특무단을 마음대로 사용할 권한을 찾았지만 이번에는 사례감들이 특무단을 동창에서 분리해 버렸다.

선대와 같이 엄귀환의 힘이 너무 강해지는 것을 견제하기 위해서였다. 그리고 그 일을 선두에 서서 주동적으로 주장한 자가 바로 고척이었다.

문제는 특무단이 동창에 있을 때는 엄귀환의 명으로 나갈 수 있었다. 만약 그가 거절한다면 고윤의 손자가 죽었음에도 소극적이라고 그를 몰아붙일 수도 있었다.

하지만 사례감 회의 직속으로 편입되면서 오히려 특무단을 사용할 방법이 사라져 버렸다.

사례감회는 명목상으로는 다수결로 결정이 된다. 하지

만 한 명이라도 극렬하게 반대한다면 그 결정 사항을 실행할 수는 없었다.

고척이 진무성을 제거하기 위해 할 수 있는 방법은 금의위를 보내는 방법과 절강성 위지휘사에게 진무성을 잡으라고 지시하는 수밖에 없었다.

하지만 금의위는 진무성이 공식적으로 역적이 되어야 움직일 수 있었고 위지휘사는 구문제독부에서 도움을 주지 않는다면 환관의 지시를 따를 리 없었다.

그럼 지금 급선무가 진무성을 역적으로 지정해 제거 혹은 추포령을 내려야 하는데 장흥길의 보고서가 그것조차 막고 있었다.

장흥길은 진무성이 전형적인 협객으로 행사가 매우 공명정대하며 황상께도 충성심이 높은 것으로 판단된다며 역모의 조짐은 전혀 보이지 않는다고 보고서를 올린 것이다.

고동명을 죽인 것이 안타깝지만 이미 정파의 절대자으 반열에 올라 있는 진무성에게 매우 무례하고 거칠게 행동을 보이면서 말다툼이 벌어졌고 자신이 극구 말렸지만 고동명이 먼저 무기를 꺼내면서 사달이 벌어졌다고 적혀 있었다.

아무리 세상 물정을 모른다해도 천하의 창룡에게 고동

명이 그렇게까지 행동했겠냐라고 보고서를 의심하는 사람은 아무도 없었다.

모두가 고동명의 안하무인적인 행동에 대해 이미 잘 알고 있었기 때문이었다.

결국 고척은 특무단 단주인 태역비를 찾아가 도움을 달라고 부탁을 했다. 엄귀환이 낙마를 할 경우 다음 대 권력자가 될 고척의 부탁이었으니 태역비도 여간해서는 들어 주고 싶었다.

하지만 역시 상대가 창룡이란 사실이 걸렸다. 특무단을 보내는 것까지는 어찌할 수 있겠지만 진무성에게 상대가 될 리 없으니 아무것도 못하고 빈손으로 돌아오거나 모조리 진무성에게 목숨을 잃을 확률이 높았다.

그리고 어느 쪽이건 그 책임은 태역비에게 물을 것은 자명했다.

결국 태역비는 후환은 후환이고 당장 자신의 지위를 두고 모험을 할 수는 없었다.

그는 고척에게 우선 사례감회에서 출동 명령을 공식적으로 받아 달라고 했다. 그럼 당장 출발하겠다는 말도 덧붙였다.

하지만 결국은 거절임을 고척은 알고 있었다.

특무단 단주가 사례감인 그 보다 지위가 낮은 것은 사

실이지만 그 역시 사례감과 같은 종삼품 태감이기 때문에 명을 내릴 수는 없었다.

이제 마지막으로 남은 것은 엄귀환의 결단뿐이었다. 이십 개가 넘는 무력대 중 한두 개만 보내 줘도 성공이었다.

고척은 그들이 가서 진무성을 체포하는 것은 애시당초 불가능하다는 것을 잘 알고 있었다. 그는 동창이 모두 전멸하기를 바라고 있었다.

고동명은 사적인 대화 자리에서 일어난 싸움으로 죽었다는 것을 장흥길이 증언하고 있으니 당장 어떻게 할 방법이 없지만 황제의 직속 친위대로 공무를 위해 체포하러 간 동창을 죽인다면 그것은 영락없는 역적이기 때문이었다.

하지만 엄귀환은 이미 그 속셈을 다 짐작한 듯 비소를 띠며 일언지하에 거절을 한 것이었다.

'엄귀환, 아버님께서 살아계실 때는 간이라도 빼 줄 것처럼 내게 아부를 떨던 놈이…….'

고윤이 살아 있을 때, 엄귀환과 고척은 상당히 친했었다.

엄귀환은 보위감 시절 고윤의 모든 심부름을 도맡아하는 하인이나 다름없었다. 당연히 고척에게도 공자님, 공자님 하면서 매우 깍듯하게 대했었다.

엄귀환이 높아질 수 있었던 것도 사실은 고윤이라는 뒷

배가 없었다면 불가능했었을 것이었다.

어느덧 엄귀환이 태보감의 고위직에 올랐을 때 갓 관에 발을 들인 고척이 발령 받은 곳이 엄귀환의 수하 자리였다.

그러나 말이 수하지 거의 상전처럼 그를 대했었다.

한마디로 그는 고윤의 눈밖에 나는 행동은 절대 하지 않았었다.

엄귀환이 동창 제독이 되고 고척이 태감이 되자 고윤은 고척을 사례감에 올리도록 공작을 시작했고 실행은 엄귀환이 맡았다.

당시 엄귀환은 고척을 사례감으로 올리기 위해 전심을 다했다.

그러던 그가 고윤이 사라지자 고척에게 대하는 것이 변하기 시작했다. 거기다 그의 최대 정적이었던 왕정이 피살당한 후, 엄귀환은 자신에게 걸림돌이 될 만한 자는 모두 숙청을 하기 시작했다.

그렇게 열심히 고척을 밀던 그가 고척이 사례감이 되어서는 안 되는 이유 열 가지를 만들어 다른 사례감들에게 배포까지 하며 그의 앞을 막은 것도 그때부터였다.

다행히 고윤을 여전히 따르던 다른 사례감들 덕에 그는 사례감이 될 수 있었다. 하지만 이미 엄귀환과는 원수나 다름없는 사이가 되어 버린 후였다.

'은혜도 모르는 놈들 같으니라고!'

고척은 자신이 권력을 잡으면 지금의 사례감들을 모조리 제거하겠다고 다짐했다.

의도했건 안 했건 환관 조직에 분열의 씨를 뿌려 버린 진무성이었다.

"고 사례감, 이번 사안은 고 사례감께서는 관여할 수 없다는 것을 알고는 계시겠지요?"

다시 이어진 엄귀환의 반문에 고척을 결국 참지 못하고 모두에게 물었다.

"여기 계신 분들 중, 아버님의 덕을 보지 않은 분이 계시면 말씀해 보십시오."

"……."

"흠! 흠……."

고척의 말에 모두는 헛기침등을 하며 답을 피했다. 그의 말대로 여기 있는 사례감들은 스스로가 고윤의 최심복이라는 말을 입에 달고 살 정도로 친분을 과시했었다.

하지만 삼공의 개가 죽으면 입추의 여지가 없을 정도로 많은 사람들이 모여 문전성시를 이루지만 삼공이 죽으면 찾는 사람이 없다는 옛 속담처럼 고윤이 사라진 후 이들 역시 변하기 시작했다.

"고 사례감, 여기에 장인태감의 은혜를 입지 않은 자가 누가 있겠소? 하지만 사례감회는 장인태감을 기리는 곳이 아니라 정사를 의논하는 자리요. 굳이 지금 그 얘기를 꺼내는 이유가 뭡니까?"

또 다른 사례감이 약간 기분이 상한 듯 반문했다.

"정사를 논하는 자리이기에 아버님을 언급한 것입니다! 아버님께서는 어떤 상황에서도 우리 환관들을 건드리는 자들은 용서하지 않았습니다. 그렇다면 아버님의 뜻을 조금이라도 헤아리신다면 이러시면 안 된다고 생각합니다."

"우리가 뭘 어쩌라는 말이오?"

"아버님의 유지와도 같은 그 뜻을 따라 주셔야 하지 않겠습니까? 강호의 일개 칼잡이 놈이 아버님께서 가장 예뻐하던 손자를 죽였습니다. 그런데 지금 여러분들께서는 진무성에 대해 조치를 취해야 한다는 제 말을 귓등으로도 듣고 있지 않습니다. 도대체 그 진무성이라는 자가 누구이관데 이렇게 피하려고만 하시느냔 말입니다!"

"진무성은 지금 천하에서 공인한 가장 강한 자요. 그런 자를 그렇게 급히 처리를 하려 한다는 것은 저희에게도 큰 위험이 따른다는 것을 모르시오?"

"그렇다 해도……."

듣고 있던 엄귀환은 고척이 또다시 고윤의 후광을 이용하려 들자 급히 끼어들었다.

"고 사례감! 난 장인태감을 삼십 년이 넘도록 보좌했었소, 제가 아는 장인태감께서는 손자의 죽음보다는 황상의 안위를 먼저 생각하셨을 겁니다. 전 동창의 제독으로서 장홍길의 보고서를 믿습니다. 그냥 인정하면 아무런 일도 일어나지 않을 텐데 복수를 위해 군을 동원하려고 하는 고 사례감이 더 문제라고 생각합니다."

말을 끊어 버린 무례를 범한 엄귀환을 잠시 노려본 고척은 흥분한 목소리로 소리쳤다.

"그럼 제독께서는 창룡을 그대로 두자는 것입니까?"

"제가 언제 그냥 두자고 했습니까? 저는 지금 당장 그를 치는 것을 반대하는 것일뿐입니다. 그를 제거하기 위해서는 신중에 신중을 더해야 할 것입니다. 그리고 때가 되면 제가 반드시 피의 대가를 물을 것입니다. 지금은 그를 공격할 때가 아니라 달랠 때라는 것이 본 제독의 판단입니다."

달랠 때라는 말에 어이상실한 표정을 지은 고척은 다시 주위를 둘러보았다. 하지만 누구도 엄귀환의 말에 반박을 하지 않았다.

심지어 그와 대척점에 있는 반대파들조차도 이번 사안

만은 반대를 하지 않았다.

고척은 모두가 진무성을 건드리는 것은 원치 않는다는 것을 알 수 있었다.

'내가 창룡에 대해서 너무 쉽게 생각했어…… 당장 창룡에 대해 자세히 알아보도록 지시를 해야겠구나.'

이제 황궁 제일의 권력 집단인 환관 조직조차 꺼려하는 인물이 된 진무성이었다. 하지만 그를 죽이고 싶어 하는 자들 역시 점점 많아지고 있었다.

* * *

출범식을 성공적으로 마친 진무성은 설화영과 함께 마차를 타고 막간산으로 귀환하고 있었다.

창문 사이로 밖을 보는 진무성의 표정은 그리 밝지 않았다.

사람들이 천의문 깃발만 봐도 길을 비키고는 공손히 허리를 숙이는 모습을 보였기 때문이었다.

그런 그를 보며 설화영이 조심스럽게 물었다.

"천하상인협회 출범식도 잘됐고 이재민에게 구호 물품도 보냈으니 이번 외유는 매우 성공적인데 왜 표정이 안 좋으세요?"

"사람들이 우리를 보고 저렇게 진심 어린 경의를 표하는 것을 보니 얼마나 마음을 줄 사람이 없었으면 일개 무림인인 내게 저럴까 하는 생각이 드니 마음이 좀 무겁네."

"겁박하고 노예처럼 부리려고만 하는 사람들만 우글거리는 세상에서 처음으로 직접적인 도움을 주시는 상공께 희망을 거는 것은 어쩌면 당연한 일이 아니겠습니까?"

"그게 안쓰럽다는 거야. 황실이 있고 관이 존재하고 군이 지켜 주고 있는데 내가 희망이 된다는 것은 뭔가 잘못된 것 아니겠어?"

"세상에 잘못된 것이 어찌 그것뿐이겠습니까? 그냥 눈 감고 귀 막고 입 닫아서 그렇지 작정하고 찾아보면 비정상적인 것이 정상적인 것보다 더 많을지도 모르지요."

"그것을 바로 잡을 수 있는 방법이 정말 없는 걸까?"

"그것을 바로잡는 것을 우리는 정치라고 하지요. 하지만 정치인들이 이미 비정상적인지라 정치 역시 왜곡되어 버렸답니다. 궁중 내시에 불과한 환관들이 이 나라의 최고 권력을 독차지하고 있는 것만으로도 알 수 있지 않겠어요?"

"그렇긴 하네……."

하지만 진무성의 얼굴은 쉽게 펴지지 않았다.

대무신가만 처리하면 무림을 은퇴해 설화영과 단둘만

의 편온한 삶을 원했던 그의 소박한 소원이 점점 멀어지는 것은 아닐까 하는 생각이 들었기 때문이었다.

게다가 대무신가처럼 이기건 지건 어떤 결과가 정해져 있는 사안과 달리 끝이 보이지 않는 길기만 한 싸움이었다.

게다가 확실하게 이길 자신도 없었으니 더욱 문제였다.

'황제도 할 수 없는 일을 내가 뭘 어쩌겠다고……'

진무성은 불필요한 걱정이라며 대무신가만 제거하면 무조건 은퇴하고 심산유곡으로 숨어 살겠다고 다시 한번 속으로 다짐했다.

하나 그 다짐조차도 그의 가슴을 누르는 답답함을 제거해 주지는 못했다.

그러자 그의 마음을 짐작한 설화영이 조용히 말했다.

"상공, 사공무경 같이 신에 근접한 자조차도 상공이라는 변수는 전혀 예측을 하지 못했습니다. 그리고 이제 그자의 계획조차 상공에 의해 무너질 수도 있을 정도입니다. 어차피 세상일은 계획대로 되지 않는다는 말이지요. 상공께서 무엇을 생각하시는지 짐작이 갑니다. 그러나 걱정은 닥쳐서 해도 늦지는 않을 것입니다."

"그래, 내가 먼저 걱정을 하고 고심할 이유는 없겠지."

진무성은 마차 창문 사이로 그의 마차를 향해 허리를 굽혀 예를 취하는 많은 양민들의 모습을 보며 작게 한숨을 쉬었다.

* * *

"어찌 되셨습니까?"

종화려의 심복이자 총행수 수행원인 소유표는 암흑상단으로 돌아가는 마차 안에서 매우 조심스럽게 물었다.

천하상인협회 출범식과 연회에는 각 상단을 대표하는 총수와 총행수 등 단 한 명만이 참석할 수 있었다. 그 바람에 소유표는 안에서 어떤 일이 벌어졌는지 전혀 알 수가 없었다.

게다가 예전 같으면 상황을 설명하고 그에게 의견이라도 물었는데 지금의 그녀는 넋이 나간 것인지 아니면 심사숙고하느라 다른 데 정신을 팔 여력이 없는 것인지 마차를 타고 움직이는 한 시진 동안 아무 말도 하지 않았다.

"뭐가?"

종화려는 마치 뭘 말하느냐는 듯 반문했다.

"출범식에서 어떤 일이 있었는지 제게 아직 한마디도 하지 않으셨습니다."

"특별하게 할 말이 없으니까…… 소 행수."

"예!"

"소 행수는 진 문주를 보면 무슨 생각이 들어?"

"……글쎄요? 제가 감히 평을 할 분이 아니지 않습니까?"

"그래도 생각은 해 봤을 거 아니야? 한 번 그냥 느낀 대로 말해 봐."

소유표는 잠시 생각하더니 입을 열었다.

"그냥 제 개인적인 사견이라는 전제하에 말씀드리겠습니다. 우선 그분을 보면 저절로 참 잘생기신 분이구나 하는 생각이 듭니다. 곧이어 덩치가 크다는 생각이 이어집니다."

"하긴 잘생기긴 했지. 또?"

"높은 명성에 비해 매우 소탈하고 사람들을 편하게 해 주는 화술을 가지고 있다고 생각했습니다. 하지만 매우 편한 느낌과는 달리 가까이 갈수록 점점 범접할 수 없는 위엄을 드러내며 뭔가 우리와는 다른 사람이라는 것이 느껴지기 시작합니다."

"우리와는 다른 사람이라…… 신이라도 되는 것처럼 보인다는 말이야?"

"모르겠습니다. 하나, 분명 범상한 분이 아니라는 것만은 확실하게 느낄 수 있었습니다."

"그럼 그자와 적이 된다면 어쩔 것 같아?"

"제가 감히 입에 담을 수 없는 말입니다."

"명령이니까 말해 봐. 총단으로 돌아가 총수님께 보고하기 위해서 나도 결정을 해야 해."

"……솔직히 말씀드려도 되겠습니까?"

"당연히 솔직한 답을 줘야지! 거짓을 말하면 내 결정이 왜곡될 수도 있잖아?"

"진무성 그자와 적이 되는 것은 절대 피해야겠다는 판단을 했었습니다."

"했었다? 그럼 지금은 달라졌어?"

"이번에 보고, 제 판단은 더욱 굳어졌습니다. 적이 되는 것을 피하는 정도가 아니라 그와 친해져야 암흑상단이 살 수 있다고 봅니다."

소유표의 말에 종화려의 표정이 약간 펴졌다. 그가 그녀와 같은 의견을 보이는 것에 마음이 편해짐을 느꼈기 때문이었다.

그녀는 이미 진무성에게 넘어간 간세였다. 그럼에도 모든 사안을 이렇게 신중하게 검토하고 소유표의 의견까지 참고하는 것은 단 한 번의 실수가 치명적인 결과로 이어질 수가 있음을 알기 때문이었다.

그녀는 그녀가 총행수의 자리에서 내려오는 순간 그녀에 대한 필요성 역시 사라진다는 것을 자각하고 있었다.

그녀가 출범식에 참가할 생각을 행수 회의에서 내 비추

자 많은 반대 세력의 질타를 받았다.

 특히 그녀의 진무성에 대한 호의적인 대처를 의심의 눈초리로 보는 자들까지 생기고 있었다.

 다행히 암흑지마황의 명을 따른다는 명분 때문에 오기는 했지만 준 것은 많아도 얻은 것은 전혀 없다는 결과 역시 그녀의 마음을 계속 불안하게 하고 있었다.

 '매일 매일이 죽음의 공포야…… 총행수 자리가 이렇게 불안한 자리였나?'

 억만금이 총행수로 있을 때 그녀는 어떻게든 억만금을 제거하고 총행수의 자리에 오르는 것이 목표였다.

 억만금에 의해 몇 번의 숙청 시도가 있었고 심지어 거의 죽을 뻔한 상황에 몰린 적도 있었지만 결국 그녀는 억만금을 밀어내고 총행수 자리에 오르는 데 성공했다.

 하지만 막상 총행수가 되니 내가 왜 이 자리를 그렇게 탐했는지 후회가 될 정도였다.

 말 한 마디 행동 하나에도 사방에서 그녀를 질타했고 예전에 그녀가 억만금에게 한 것과 같이 그녀를 제거하려는 자들의 늑대 같은 이빨이 느껴졌다.

 조금만 빈틈을 보이면 그들의 이빨은 그녀를 물어뜯을 것이 분명했다.

 그리고 무엇보다 더 큰 공포는 암흑무림이었다.

그들이 불러 총수이하 암흑무림의 간부들을 만나면 그녀는 호랑이 살기를 느꼈다. 잘못이 있건 없건 그녀가 그들의 마음에 들지 않는 일을 벌이는 순간 그들은 그녀를 갈기갈기 찢을 것이었다.
 그녀는 이제 진무성이라는 동아줄을 무조건 붙잡고 갈 수밖에 없음을 알고 있었다.

6장

 천하상인협회의 이름으로 황하의 이재민들에게 구호물품이 전달이 되면서 양민들에게 진무성은 더 이상 평범한 무림인이 아니었다.
 성인(聖人)이라 불리기 시작한 것이다.
 양민들에게 성인으로 불린다는 것은 사람들이 진무성은 공자나 노자의 반열에 올렸다는 의미이기도 했다.
 혈사련과 천존마성의 기세가 하늘을 찌를 듯했던 때가 겨우 일 년 전이었다.
 정파는 무림맹을 통해 두 세력을 간신히 견제하는 정도였다. 심지어 혈사련이 제갈세가와 형산파의 세력권을 잠식할 때도 무림맹은 경우 경고만 했을 뿐 실질적인 징

치는 꿈도 꾸지 못했었다.
 당연히 정파의 세력권 내에 크고 작은 사파와 마도들이 개파를 하고 공공연히 정파를 자극했다.
 그들의 뒤에는 혈사련과 천존마성이 버티고 있었기에 점점 도가 넘는 행동도 끊임없이 저질렀다.
 몇몇 열혈 정파에서 그들을 이대로 두어서는 안 되다며 전쟁을 불사할 생각으로 따져야 한다고 했지만 무림맹의 장로들은 묵묵부답일 뿐이었다.
 무림 역사상 보기 드문 긴 시간 동안 평화가 이어졌지만 그것은 일방적으로 정파가 참았기에 가능했었다.
 정파의 어른들은 평화를 깨는 것에 거부감이 컸다. 그들이 살아온 동안 전쟁다운 전쟁이 한 번도 없었던 평화 시기를 살았던 자들이었기 때문이었다.
 그러나 사파와 마도의 그런 도발에 대해 참기만 하는 어른들의 행태에 젊은 후기지수들의 불만은 언제 터질지 모를 정도로 꽉 차 있었다.
 그런데 한 인물의 등장으로 모든 것이 뒤바뀌어 버렸다.
 바로 진무성이었다.
 시작은 고작 흑도 왈패들이었지만 곧 사파와 마도파로 그 대상이 넓어졌고 혈사련의 멸문으로 절정을 이루었다.
 불만에 가득 차 있던 후기지수들에게 진무성의 행동은

대리 만족을 주기에 충분했다. 당연히 진무성의 인기는 젊은 무인들 사이에서 폭발하듯 커졌다.

그리고 격세지감(隔世之感)이란 단어가 모든 것을 설명할 정도로 무림의 판도는 완전히 정파 쪽으로 기울어져 있었다.

활기를 띠기 시작한 정파들은 이제 사파와 마도들이 자신들의 영역을 침범하면 즉각적으로 응징을 하기 시작했다.

진무성이라는 엄청난 뒷배가 그들에게 힘을 주었기 때문이었다.

사파와 마도들 역시 예전과는 달리 정파의 심기를 건드리지 않기 위해 노력했고 정파의 강공에 대책 없이 밀리고 있었다.

진무성에게 안 좋은 선입견을 가지고 있던 무림맹의 장로들 중 상당수가 진무성 쪽으로 돌아선 것도 자파의 젊은 제자들이 진무성에게 적대적으로 대하는 어른들을 의심하기 시작했기 때문이었다.

대무신가의 간세가 정파 곳곳에 파고들어 정파와 자신을 이간질하고 있다는 소문을 은밀하게 퍼뜨린 것이 주효하기 시작한 것이다.

계속 진무성과 각을 세울 경우 대무신가의 간세로 의심

받을 수 있는 지경에 이르면서 진무성에 대해 여전히 의심의 눈초리를 보내던 자들까지도 입을 다물기 시작했다.
 그리고 그 상황은 오늘 더 심화되었다.
"제갈 군사, 결국 천하상인협회가 출범했다고 하는데 거기에 참여한 상단들이 중원 사대상단은 물론 각 성의 대표하는 상단과 대상들이 총 망라되었다고 하는데 이거 문제가 안 되겠소?"
 하북팽가의 장로인 팽의조가 심각한 표정으로 물었다. 요즘 무림맹의 장로회의 안건은 진무성에 관한 것이 압도적으로 많았다.
 그만큼 그의 영향력이 커지면서 일거수일투족이 모두 관심사가 되어 버렸기 때문이었다.
 더욱이 그가 이해 못할 행동을 하고 난 후, 큰 사건이 벌어지는 경우가 많아지며 그의 행동에 대한 분석이 자주 회의에 올라왔다.
 진무성이 상인들의 협회를 만들려고 한다고 했을 때, 상당히 많은 문파들이 우려했고 막아야 한다면 성토를 한 문파도 여럿 있었다.
 하나 결국 협회는 예정대로 출범을 했지만 전처럼 진무성을 직접적으로 언급하면서 성토하는 장로들은 아무도 없었다.

그 자존심이 강한 점창파조차도 더 이상 진무성에 대해 왈가왈부하지 않았다. 아니, 못하고 있다가 맞는 말일지도 몰랐다.

 진무성에 대해 직접적인 반대를 한 적도 없지만 그렇다고 우호적인 모습을 보인 적도 없는 팽가의 팽위조가 천하상인협회를 언급한 것은 팽가 자체에서 운영하는 상단에 대한 걱정 때문이었다.

 아직 진무성이 천하상인협회를 무슨 의도로 조직을 했는지 확실하게 모르는 상황에서 협회에 가입하지 않은 팽가의 상단에 어떤 불이익이 떨어질지가 불안해서였다.

 그리고 그 불안은 상단을 직접 운영하며 문파의 재원으로 사용하는 정파들 모두가 느끼고 있었다.

 심지어 남궁세가나 당가 같은 진무성에게 우호적인 문파들 역시 마음이 편하지 않을 정도였다.

 "우선 그 문제로 황실에서도 말이 나올 것이 분명하기에 진 문주께 의견을 전달하기는 했습니다. 하지만 진 문주는 천하상인협회는 무림과는 전혀 상관이 없는 상인들만의 조직이기에 무림에 문제가 되는 일은 절대 없을 것이라고 했습니다."

 제갈세가의 말에 팽위조가 불쾌한 표정으로 반박했다.

 "제갈 군사께서는 지금 제가 무슨 걱정을 하는지 모르

십니까? 제갈세가에서도 자체적인 상단이 있지 않소이까? 제가 알기로 상단은 물론 상회를 운영하는 무림 문파는 상당히 많습니다. 그런데 무림과 상관이 없을 수가 없지 않겠습니까?"

"무슨 말인지 잘 압니다. 그리고 진 문주 역시 제가 걱정하는 것이 황실만은 아니라는 것을 알고 계실 것입니다. 그럼에도 그런 답을 보내신 것은 액면 그대로 정파에서 운영하는 상단이나 상회에 직접적인 피해가 생기는 일은 없을 것이라는 게 제 판단입니다."

"그냥 판단이지 확실한 것은 아니지 않습니까? 본 가만 해도 상단에서 들어오는 수입이 세가 예산의 절반을 상회합니다. 매출에 약간의 차질만 생겨도 팽가 전체가 충격을 받는다는 말입니다. 게다가 상인들에게 받는 기부금 역시 문파 운영에는 지대한 도움을 줍니다. 그런데 천하상인협회가 생겨 문제가 발생한다면 문파 운영에 큰 피해를 줄 것이 확실한데 무림과는 연관이 없다는 말 자체가 상황 인식을 잘못 하는 것은 아닌지 우려가 된다는 말입니다."

팽가의 가주에게 직접적으로 명을 받은 것인지 팽위조의 말은 상당히 강경했다.

둘의 대화에 직접적으로 끼지는 않았지만 동감한다는

듯 고개를 끄덕이는 장로들의 수가 만만치 않게 많았다.

"이번 출범식에서 도드라지는 사안은 황하의 이재민들을 구제할 재원을 각출해 이재민들에게 직접 전달했다는 것입니다. 그 외에는 아직 밝혀진 것이 없으니 군사부에서도 계속 주시하며 어떤 의도인지 분석을 하고 있으니 조금만 더 기다려 달라는 말밖에는 할 수 있는 것이 없습니다. 죄송합니다."

"이재민에게 구호 물품을 보낸 것도 문제의 소지가 많습니다. 당연히 기부금을 관에 전달해 황상께서 구호 물품을 보낸 것처럼 해야 하는데 직접 천하상인협회의 이름으로 보냈습니다. 만약 황상께서 의구심을 품는다면 진 문주만이 아니라 정파 전체가 황실과 대척선에 설 수도 있다는 것입니다."

"진 문주께서 관을 통하지 않은 이유는 관을 믿지 못한다는 것뿐입니다. 아시다시피 그런 구호물자 관에 의해 주도될 경우 거의 반 이상의 돈이 다른 곳으로 흘러들어가 사라진다는 것은 여기 계신 여러분들도 잘 알고 계시지 않습니까?"

그때, 구지신개가 끼어들었다.

"개방의 구지신개입니다. 이 문제에 대해 제가 한마디 해도 되겠습니까?"

모두는 뜻밖에 인물의 등장에 약간 놀란 표정으로 그를 주시했다.

그는 개방의 장로이자 맹주단의 일원으로 말의 무게가 다른 장로보다 더 무거웠다. 맹주단에 속해 있는 장로가 장로회의에서 발언을 하는 경우는 거의 없었다.

맹주단의 생각을 말함으로써 여론을 호도할 수도 있고 대부분이 대문파의 장로들이기에 형평성 문제도 대두될 수 있기 때문이었다.

"구지 장로님, 지금 하시려는 말씀은 맹주단의 공식적인 의견입니까?"

구지신개는 잠시 멈칫하더니 말을 이어 갔다.

"맹주단의 공식적인 의견은 아닙니다. 하지만 개방의 공식 입장이라는 것은 말씀드리지요."

개방의 공식 입장이라는 말에 모두는 놀란 표정을 지었다. 개방이 대놓고 진무성과 함께 가겠다고 공표한 것이나 마찬가지였기 때문이었다.

"그럼 구지 장로님의 말씀을 먼저 들어보겠습니다."

제갈장우도 슬쩍 뒤로 물러섰다.

"본 방의 장로이신 구룡신개께서 진 문주를 직접 만나고 보내온 것입니다. 구룡신개는 진 문주께서 천하상인협회를 조직한 것은 오로지 양민들을 위한 조치라고 합니다."
"그건 또 무슨 말입니까?"
"말 그대로입니다. 진 문주께서 무림과 상관없다고 한 것은 진 문주께서 천하상인협회를 만들며 만든 계획이 무림과는 상관없다는 말이 사실이라는 것이지요."
"그걸 개방에서는 믿는다는 말이군요?"
"믿습니다."
"개방에서는 직접 운영하는 상단이 없으니 그러실 수 있겠지만 본 가는 다르지 않습니까?"
"그것 역시 언급을 했습니다. 만약 천하상인협회 때문에 피해를 받은 문파가 있다면 연락을 달라고 했답니다. 그 피해를 보존해 주겠다는 말도 했다고 합니다."
-피해가 생기면 보존해 주겠다.-
더 이상 천하상인협회의 행사에 딴지를 거는 것을 원천봉쇄하는 말이었다.
그리고 그럴 만한 능력을 갖추었다는 의미이기도 했다.
회의실은 잠시 정적에 휩싸였다.
이미 천하제일 고수라는 말까지 듣는 엄청난 무공에 천의문의 문주이자 군림맹의 맹주라는 지위까지 가지고 있는 그였다.
거기에 더해 정파의 젊은 무사들의 전폭적인 지지와 양

민들의 무조건적인 신뢰까지 받고 있는 그가 정파에서 운영하는 상단이나 상회에 손해가 나면 보존해 줄 정도의 재력까지 갖추었다는 것은 현 무림에서 그와 견줄 수 있는 세력이나 인물이 없다는 말과 같았다.

"진 문주께서 갑자기 태평상단의 총수가 되었을 때도 말이 많았습니다. 강압적으로 상단을 빼앗은 것은 아니냐는 소문 때문이었습니다. 무림에 나온 지 몇 년도 안 되어 그런 엄청난 재물을 모았다는 것이 가능하기는 한 겁니까?"

진주 언가의 장로의 질문에 모두의 시선이 구지신개와 제갈신가에게 향했다.

진무성에게 의혹을 제기하는 사람들의 논리 중 가장 많이 언급되는 것이 그의 출신 성분이었다.

이젠 그가 어디서 태어났고 무엇을 했는지까지 많이 알려져 있었다. 그럼에도 사람들이 의구심을 계속 보이는 것은 도무지 있을 수 없는 상황이 진무성에게서 계속 나타났기 때문이었다.

그런데 이번에는 돈이었다.

다른 것도 그렇지만 특히 돈이 흐를 때는 반드시 흔적이 남기 마련이었다. 하지만 진무성이 그런 거부가 된 흐름은 어디에도 없었다.

태평상단 이외에는 그에게 특별하게 돈을 준 상단도 없었고 그렇다고 진무성이 직접 돈을 번 정황도 없었다.
 그럼 그런 엄청난 돈이 어디서 났을까……
 사람들의 머리에 또다시 의구심이 피어나고 있었다.
 거기에는 인간들의 원초적인 본능인 질투심도 당연히 끼어 있었다.

7장

"정파인들 사이에서는 몇 가지 불문율이 있습니다. 그 중 하나가 재물을 어떻게 모았는지를 묻는 것이지요. 언장로님께서는 지금 하신 말은 철회하시는 것이 좋을 듯 싶습니다."

점창파와 더불어 진무성에게 가장 적대적이었던 진주 언가의 언필중은 제갈장우가 곤란한 표정으로 경고를 하자 급히 포권을 하며 말했다.

"제가 큰 실수를 했군요. 손해를 보존해 주려면 천문학적인 돈이 필요한데 진 문주께서 어디서 그렇게 많은 재물을 모았을까 하는 생각이 잠깐 들어 물은 것입니다. 방금 한 말은 당장 철회하겠습니다."

물론 이미 모두에게 의구심을 불어넣은 이상 철회를 한다 해서 달라질 것은 없었다.

그럼에도 제갈장우가 그런 경고를 한 것은 자꾸 진무성의 심기를 건드리는 언가가 걱정이 되어서였다.

철회라도 시키면 자신의 실수를 자인했다는 명분이 생기니 진무성에게 변명할 거리를 만들어 준 것이었다.

그러나 그런 제갈장우의 생각을 전혀 눈치채지 못한 듯 언필중은 철회를 한다면서 한 번 더 재산에 대해 언급해 의구심을 더 키우고 있었다.

'쯧! 쯧! 저렇게 대세를 못 읽나…… 어쩌려고 저러지?'

정파에는 모두가 꺼려하는 세 문파가 있었다.

세 문파는 공통점이 있었다.

우선 그들의 무공이 보편적인 정파의 무공과는 궤를 달리 한다는 점이었고 다른 문파와는 거의 교류를 하지 않는 폐쇄성을 지니고 있었다.

고집 역시 강해서 한 번 주장을 시작하면 자신들이 틀렸다는 사실을 알아도 우긴다는 점이었다.

거기다 반골 기질까지 있어서 다른 문파와 시비가 잦았고 반대를 위한 반대를 툭하면 한다는 것이었다.

점창파와 당가 그리고 언가였다.

우선 점창파의 사일검은 검의 모양부터 상당히 괴이했

고 초식의 신랄함이 어찌나 살기가 강한지 사파나 마도의 검법이라고 해도 믿을 정도였고, 당가는 암기술로 유명하니 당연히 정파인들에게는 환영을 받지 못하는 무공이었다.

특히 언가는 두 문파보다 더 괴이한 무공을 사용하기 때문에 지금까지도 정파로 분류할 수 없다는 문파가 있을 정도였다.

언가의 시초는 장의사 집안이었다.

오호십육국 시절 중원은 전체가 무덤이라고 할 정도로 시신이 사방에 널려 있었다.

매일 전쟁이 벌어졌고 수백수천 명이 죽어 나갔다.

언가에는 시구술이라는 시신을 불러들이는 특이한 사술이 있었다. 한 명 한 명을 옮기고 묻고 태우는 다른 장의사들과는 달리 언가는 시신들을 움직이게 하여 한 번에 수백 구씩 처리할 수 있었다.

그냥 깊은 산으로 시신들을 몰고가 계곡에 모아 두면 짐승들이 시신을 처리해 주었으니 돈도 들어갈 것이 없었다.

시신을 처리해 주는 대가로 시신들이 가지고 있는 모든 것의 소유할 수 있는 권한을 받았고 언가는 그 시신들을 처리하면서 엄청난 돈을 벌어들였다.

수많은 시신들의 품속에는 별의별 진귀한 물건들이 다 들어 있었다. 수많은 무림인들도 시신 속에 섞여 있었고 무공 비급을 가지고 있는 자들도 많았다.
 전쟁 중에 문파가 망하면 제자들은 우선 문파의 비급부터 챙겨 숨었다.
 다시 문파를 일으키기 위해서는 비급은 무엇보다도 중요한 보물이었기 때문이었다. 하나 그중에는 비급을 품에 넣은 채 숨을 곳을 찾지 못하고 죽는 이들도 꽤 많았다.
 언가는 그 비급들을 차곡차곡 모아두었다. 언가는 장의 가문이라는 꼬리표를 떼고 싶어했었다. 그러던 중 사백여 년 전 언가에서는 두 번째 시조이자 실질적인 조사로 추앙받는 자가 탄생했다.
 천재적인 머리를 가지고 태어난 그는 모아 두었던 무공 비급을 분석하여 새로운 무공을 만들어 냈다.
 언가가 장의 가문에서 무림세가로 다시 태어나는 순간이었다.
 하지만 무림세가로 인정을 받기까지는 상당히 험난한 과정을 거쳐야 했다.
 똑같이 안 좋은 평판을 받고는 있었지만 점창파는 중원의 최남단에서 홀로 사파를 상대하며 힘을 키워 구파일방의 일원이 되었고 당가는 원래부터 사천의 절대자였기에 자부심만은 어느 문파보다도 컸다.

그들의 무공에 대해 비난을 받아도 그들은 콧웃음을 쳤다.

하지만 언가는 달랐다.

장의 가문이라는 천한 배경에 무공 역시 사술을 기반으로 집대성됐기에 무림인들은 언가를 무림 문파로 취급도 안 해 주었다.

언가는 정파로 불리고 싶어했기에 나름 자신의 구역에서는 협을 숭상하는 정책을 펼쳤다.

꽤 오랜 시간이 지나서야 무림세가로 인정받고 원하던 정파의 일원이 되기는 했지만 열등감으로 똘똘 뭉쳐 버린 언가는 정파의 골칫거리가 되고 말았다.

폐쇄적으로 변한 언가는 특별하게 친하게 지내는 문파도 없었다.

그러다 보니 그들은 어디서나 반골 기질을 보였고 반대를 위한 반대를 서슴지 않았다.

그들이 무림맹에서 나름 발언권이 커진 것도 그 반대 때문이었다.

비록 오대세가에는 들지 못해도 열 손가락 안에는 드는 무림세가로 성장한 지금도 그들은 무슨 일이든 우선 딴지를 걸었다.

그런 그들에게 진무성은 아주 좋은 먹잇감이었다.

언가에서 수백 년을 노력하여 얻은 명성을 겨우 이 년 만에 넘어 버렸고 이젠 천하제일 고수로까지 불리고 있으니 언가에서는 진무성에게 심한 질투를 느꼈다.

더욱이 진무성 반대파들의 구심점 역할을 하던 점창파가 갑자기 한 발 뒤로 물러나면서 언가가 구심점이 되자 그들은 한껏 고무되어 더욱 진무성을 헐뜯었다.

그들에게는 그것이 자신의 존재감을 알리는 한 방편이기도 했기 때문이었다.

하지만 점창파까지 한 발 물러선 상황에서 반대파들은 점점 발을 빼기 시작했고 이젠 파라고 하기에도 어려울 정도로 그 수가 줄어들어 있었다.

언가의 성향을 잘 아는 제갈장우는 작게 한숨을 내쉬었다. 비록 정파의 골칫거리로 불리지만 사파와 마도와 전쟁이 일어나면 어느 누구보다도 열심히 싸우는 그들이었기에 걱정이 안 될 수가 없었기 때문이었다.

의구심을 불러 일으키기는 했지만 정파의 손해를 모두 보존해 줄 것이라는 말에 천하상인협회를 만든 진무성에 대한 불만은 더 이상 나오지 않았다.

그리고 자연스럽게 다음 안건으로 넘어갔다.

다음 안건은 경비대의 전멸 사건이었다.

그 사건이 일어난 지 이미 보름이 넘었고 우선 포위감시를 하되 그 주체를 경비대가 아닌 무력단으로 바꾸기로 했지만 여전히 후속 조치에 대한 결정을 하지 못하고 있는 논쟁 중인 무림맹의 장로들이었다.

* * *

"무슨 소리야?"

항주에서 돌아온 진무성은 가장 먼저 군림맹 간부 회의부터 열었다.

그래 봐야 모이는 사람은 친구인 네 명.

진무성의 상황 보고를 듣던 단목환이 놀란 눈으로 반문했다.

"말한 대로야. 얼마간 천하상인협회에 전념하려고."

"천하상인협회 출범만 끝나면 대무신가 문제에 전념할 거라고 했잖아? 지금 무림맹이 그 문제로 얼마나 시끄러운지 몰라?"

"알아."

"지금 무림맹에서는 진 형이 어떤 계획을 가지고 올지 학수고대하고 있는데 무림 일에 손을 떼겠다니 말이 돼?"

"무림 일에 손을 떼겠다는 말은 안 했는데?"

"천하상인협회와 무림의 일은 완전 분리할 것이라고 강조했었잖아? 그럼 천하상인협회에 전념하겠다는 말은 무림 일에 손을 떼겠다는 말이나 마찬가지 아니야?"

단목환은 매우 진중해서 이렇게 꼬치꼬치 따지는 적이 없었다. 그가 이런다는 것은 지금 그가 무림맹에서 얼마나 강한 압력을 받고 있는지를 짐작케 했다.

"단목 형, 우선 진 형이 무슨 계획인지 들어 보고 얘기하자고."

듣고 있던 백리령하가 말을 끊었다. 진무성이 이러는데는 분명 이유가 있을 것 같았기 때문이었다.

"공주 말대로 우선 들어 보자고."

곽청비까지 거들자 단목환은 고개를 끄덕이며 물어섰다.

"그래 우선 들어 보지. 그래야만 하는 이유를 말해 봐."

"대무신가에서 경비대를 공격한 것에 대해 여러 가지 상황을 대비하면서 생각했어. 그런데 도대체 이유를 알 수 없는 거야. 대무신가가 경비대를 전멸시킨 것은 분명 충격적이지만 사실 무림맹 전체로 보면 그다지 타격을 줄 정도는 아니거든."

"그건 진 형 말이 맞아. 긴가민가하던 사람들에게 대무신가의 총가가 그곳에 있다는 증거를 보였고 단목 형의 주장에 대해 분분하던 무림맹의 의견도 통일이 됐어. 더구나 무림맹에 경각심을 불러일으키면서 경비가 대폭 강화됐어. 한 마디로 얻은 것보다 잃은 것이 더 많다는 생각이 들더라고."

백리령하의 말에 진무성은 역시 하는 표정을 지으며 다시 말을 이어 갔다.

"백리 형 말대로 이익보다 손해가 많은 그런 짓을 왜 저질렀을까? 사공무경 같은 자가 진짜로 실익이 전혀 없는 그런 짓을 단지 감정 때문에 벌였을까? 난 절대 아니라고 봐. 그럼 의도가 뭔가? 너희는 경비대가 전멸을 당하면서 일어날 일들이 뭘까 생각해 봤어?"

"이미 말했잖아? 무림맹에서 대무신가의 존재를 확인하면서 대처가 아주 빨라졌다고. 그들에 대한 포위망도 무력단이 맡았다고 들었는데?"

백리령하가 단목환을 보자 그는 맞다는 듯 고개를 끄덕였다.

"그건 무림맹의 변화고. 그 외에 또 어떤 일이 벌어졌을까?"

"대무신가의 총가에 대한 공격에 대해 소극적이던 검각과 천외천궁이 적극적으로 변한 것 같던데?"

이번에는 곽청비가 대답했다.

"또?"

진무성의 '또?'라는 말에 모두는 생각에 잠겼다. 분명 중요한 이유가 있어서 진무성이 이럴 텐데, 그게 무엇일까……

그렇게 잠시 생각하던 모두의 눈이 커졌다. 그리고 단목환이 가장 먼저 말했다.

"진 형이구나?"

"나도 그 생각을 했어. 진 형 맞지?"

"그놈들이 바란 것은 진 형이 움직이는 것이었네!"

백리령하와 곽청비까지 동조하자 진무성은 고개를 끄덕이며 말을 받았다.

"사공무경은 내가 직접 나서기를 바란 것 같다는 생각이 들었다."

"뭐야, 그럼 오히려 역 함정을 파려고 한다는 거네?"

"진 형이 그동안 벌인 여러 행사들을 감안한다면 이번에도 직접 나설 것이라고 생각하는 것은 그리 어려운 일은 아니지."

모두는 그제야 그들이 그런 일을 벌인 이유가 무엇인지 알 것 같았다.

"적이 원하는 것을 들어주는 것은 내 성격하고는 맞지 않아. 그래서 아예 대무신가와 상관없는 일을 하면서 그의 다음 행동을 기다려 보려고 한다."

"진 형 말을 이해는 하는데 그자들이 더 한 충격을 주기 위해 또 다른 공격을 할 수도 있지 않겠어? 만약 무력단으로 이루어진 포위망까지 그들에게 무력화 된다면 무림맹은 큰 타격을 받게 될 거야."

단목환의 말에도 일리가 있었다.

사공무경이 진무성이 들어오라고 판을 깔아 줬는데 안 들어온다면 더한 일을 벌일 가능성도 배제할 수는 없었다.

"그래서 오늘 회의를 소집한 거야. 단목 형 말대로 내가 신경 쓰지 않고 다른 일에 몰두한다면 더 한 행동을 보일 확률이 크다. 그래서 거기에 대한 대비책을 만들어야 할 것 같다."

"어떻게 하려고?"

곽청비의 반문에 진무성은 품에서 군산 호수의 지도를 꺼냈다. 그곳에는 크기가 다른 까만 점들이 상당히 많이 찍혀 있었다.

그리고 진무성이 한 곳을 가리키며 다시 입을 열었다.

"여기가 사공무혈이 말해 준 수역이야. 보다시피 작은 섬들 수십 개가 몰려 있어. 대부분은 무인도지만 사실 이 지도도 그대로 믿을 수는 없어 직접 들어가서 측정한 것이 아니라 어부들의 말을 토대로 대략적으로 그린 거니까. 게다가 일 년 사시사철 안개가 껴 있다고 하는데 동정호 같은 거대 호수에서도 그런 곳은 없어. 즉, 진이 펼쳐져 있다고 의심이 가는 곳이야."

모두는 놀란 눈으로 물었다.

"무림맹에서도 이곳의 지도는 구하지 못했는데 언제 이걸 만들었어?"

"내가 이걸 어떻게 만들어. 샀어."

"이런 지도를 파는 사람이 있어? 내가 알기로 지도를 매매하는 것은 법으로 금지되어 있다고 알고 있는데?"

"무림인들이 개나 소나 할 것 없이 가지고 있는 것이 지돈데 그건 어디서 났겠어?"

"군부에서 구했구나?"

"해적을 소탕했더니 절강의 수군지휘사께서 고맙다고 뭐든 말하라고 하더라고 그래서 지도를 하나 사고 싶다고 했지. 공짜로 받으면 신세를 진 것이 되기 때문에 시세보다 더 많은 돈을 주고 구했다는 것만 알면 돼."

"하지만 이것도 정확하지는 않다며?"

"여기가 무황도야. 단목 형 보기에 어때? 정확한 것 같아?"

단목환은 진무성이 짚은 큰 섬 주위를 자세히 살피더니 고개를 끄덕이며 말했다.

"내가 보기에 아주 정확한 지도 같은데?"

"아주 정확하다면 이곳도 어느 정도는 맞지 않겠어?"

"그런데 여기 빈 곳은 뭐야?"

"그곳이 언제나 안개가 끼어 있다는 곳이야. 안개 속으로 들어가 본 어부들도 꽤 있었고 수군에서도 답사차 들어갔지만 아무 것도 발견 못 하고 나왔다고 하더라고. 이렇게 많은 섬이 있는데 중앙이 이렇게 텅 비어 있는 것은 이치에 맞지 않지. 난 이곳에 진이 펼쳐져 있다고 확신한다."

그러자 진에 대해 해박한 백리령하가 고개를 흔들며 말했다.

"진 형 말대로 진이 펼쳐져 있을 정황은 있지만 이렇게 거대한 진을 그것도 호수 위에 어떻게 펼친다는 거야? 난 불가능할 것 같은데?"

"불가능한 거 맞아. 그런데 사공무경이라는 자는 그 불가능을 가능하게 하는 자야. 사대 금지 구역을 왜 사람들이 발견을 못 했는지 알아? 바로 산 전체에 진이 설치되어 있었기 때문이야. 물론 호수는 산보다 더 어렵기는 하지만 사공무경 그자라면 가능할 거야."

"진 형 네 말만 들어보면 그자는 진짜 인간이 아닌 것 같아. 도대체 어떻게 생겨 먹은 자인지 정말 한 번 보고 싶을 정도다. 만약 그자를 만나게 되면 난 꼭 좀 데려가 줘라."

 진무성의 말에 백리령하는 정말 보고 싶다는 표정으로 말했다.

 "나도 그러고 싶은데 그것은 안 될 것 같다."

 "왜?"

 "그자를 보면 아무도 살아남지 못할 것 같아서. 내 친구가 허무하게 목숨을 잃는 모습을 볼 수는 없지 않겠어?"

 "그래서 설마 이번에도 저번처럼 혼자 움직이려고 하면 정말 화날 거다."

 "혼자 그자를 만나면 나도 죽을 거야. 그래서 그자를 제거할 때는 최대한 많은 사람을 끌고 가서 인해전술로 밀어붙일 생각이다."

 농담처럼 말했지만 절대 농담이 아니란 것을 느낀 모두는 가슴이 서늘해 오는 것을 느꼈다.

 지금 진무성의 무공은 이미 그들로서는 넘보기 어려운 경지까지 올라가 있었다. 그런 그가 사공무경과 단독으로 만나면 죽을 것을 기정 사실화하고 있으니 도대체 얼마나 강한 자란 말인가……

 "진 형, 사공무경이란 자에 대해 우리에게도 좀 더 자세히 설명 좀 해 줘라. 뭘 알아야 우리도 대처할 것 아니냐?"

 단목환의 말에 진무성은 잠시 생각하더니 어렵다는 듯

답했다.

"솔직히 나도 그자가 어떤 자인지 정확하게 알았으면 좋겠다. 그때 너희들에게 말한 것 이상으로 아는 것이 별로 없다."

"그 별로라도 좀 말해 봐."

"마교도인 것은 확실해. 나이는 적어도 이갑자 이상인데 많으면 삼갑자를 넘을 수도 있어. 무공은 나도 사공무혈이 말한 것으로 유추할 뿐인데 이미 너희들에게 말해 줬고."

나이가 최소한 이갑자에서 삼갑자 이상이라는 말에 곽청비가 고개를 갸웃하며 물었다.

"그 정도 나이라면 세상에 알려진 것이 조금은 있어야 하지 않아? 사람이라면 명성에 대한 욕심이 있을 것이고 무림인이니 호승심도 있을 텐데 어떻게 그 긴 시간 동안 전혀 알려지지 않을 수가 있지?"

"⋯⋯어쩌면 그 모든 것을 이미 다 해 봤을 수도 있어. 마교도인 그자가, 왜 마교의 이름으로 활동하지 않을까 숙고해 봤었어. 그랬더니 마교 정도는 양에 안 차기 때문은 아닐까 하는 생각이 들더라고."

"그럼 우리가 몰라서 그렇지 사실은 이미 모두가 아는 이름을 가지고 있을 수도 있겠네?"

"그가 누구인지를 알아낸다면 그를 상대하는 데 큰 도움이 될 것 같지만 알아내기가 만만치 않더라. 마교조차도 그의 진정한 정체는 모르고 있었다."

진무성의 말에 모두는 눈이 커졌다. 마교조차도 그의 정체를 모른다니……

"진 맹주, 혹시 마교도들 만났어?"

곽청비의 질문에 진무성은 아무렇지도 않다는 듯 고개를 끄덕였다.

"얼마 전에 나를 찾아왔더라고."

"정신이 있는 거야? 지금 진 맹주의 정파에서의 위치가 어느 정도인지 아는 사람이 마교도들을 은밀하게 만나다니! 누가 알게 되면 얼마나 많은 말이 나올지는 생각 못 했어?"

이미 진무성과 마교 간에 연관이 있다는 소문이 잠시 퍼진 적이 있었다. 하지만 진무성의 급격한 부상과 양민들의 전폭적인지지 등으로 인하여 소문은 금방 가라앉고 말았다.

하지만 진무성이 미교도들을 만났다는 사실이 알려진다면 처음 퍼졌던 소문처럼 쉽게 가라앉지 않을 수도 있었다.

"사람들의 말이 두렵다고 좋은 정보를 주겠다는 제안

을 뿌리칠 수는 없었다. 만약 준다는 정보가 마음에 안 들면 아예 죽일 생각을 하고 만난 거다."

"그래서 죽였어?"

"정보가 아주 마음에 들어서 죽이지는 않았다. 그리고 지금 마교의 상황이 걱정할 필요가 없겠더라고."

"어떤 정보를 얻었는데?"

"마교가 이미 사공무경의 하부 조직으로 전락을 했더라고. 사공무경이 마교에게 맡긴 임무는 새외 무림의 관리였어. 관리를 하다가 그가 지시를 하면 새외 무림을 이끌고 중원을 공격할 수 있도록 준비를 하고 있으라는 명을 받았다고 하더군."

"마교와 새외 무림까지 이미 사공무경의 손아귀에 잡혀 있었다는 말이야? 아니, 그런 힘을 가지고 있었다면 이미 무림을 정복하고도 남을 전력이었을 텐데 왜 지금까지 아무런 행동도 하지 않은 거지?"

현명한 백리령하는 마교와 새외 무림까지 장악한 사공무경이 원하는 것이 무림 정복이 아닐지도 모른다는 생각이 언뜻 들었다.

"설 군사와 나도 그 문제로 상당히 많은 의견을 교환했지만 결국 터무니없는 결론에 도달하는 바람에 너희에게 말해 줄 수가 없었다."

"도대체 어떤 결론이기에 우리에게 말하지 못할 정도로 터무니없다는 거야?"

"사공무경이란 자가 그렇게 대단한 자라면 그 터무니없는 결론이 맞을 수도 있는 것 아니겠어? 어떤 결론인지 말해 봐."

단목환과 곽청비의 재촉에 진무성은 잠시 머뭇거리더니 천천히 입을 열기 시작했다.

"어쩌면 방금 나눈 얘기와 같은 맥락일 수도 있다. 설군사는 사공무경이 재미로 천하를 가지고 노는 것은 아닐까 싶다고 하네."

"그건 정말 터무니없는 상상 같은데? 저런 전력을 단지 재미로 만들었다는 말인데 ······진 형이 사공무경에 대해 너무 굉장하게 설명하니까 그럴 수도 있을까 하는 생각도 들기는 하지만 그래도······."

"나도 단목환의 말이 맞다고 봐. 세상에 어떤 인간이 천하를······."

무슨 생각이 번뜩 들었는지 백리령하의 말이 멈췄다.

세상에 어떤 인간이 라는 말을 꺼내고 보니 묘한 생각이 든 것이다.

"백리 형은 내가 왜 그런 생각을 했는지 눈치를 챈 모양이네?"

"정말 그럴 수가 있을까……?"

"뭐야? 좀 알아듣기 쉽게 설명을 좀 해 봐. 둘이만 아는 것처럼 그러지 말고!"

곽청비의 말에 진무성이 말을 받았다.

"대무신가의 수하들은 죽음을 두려워하지 않는다고 했던 거 기억나지?"

"당연히 기억나지. 그자들과 싸우면서 나도 식겁을 했는데, 정말 이상한 자들이었어."

혈사련과의 전투 때도 그들은 죽기로 덤벼들었다. 그러나 대무신가의 수하들과는 양상이 분명 달랐다.

혈사련의 수하들은 공격을 하지 않으면 자신들이 죽기 때문에 살기 위해서 죽기로 싸웠다면 대무신가의 수하들은 죽는 것을 오히려 영광으로 아는 것 같았기 때문이었다.

죽음을 두려워하지 않는 부류는 여럿 있었다.

충성심이 강한 군인들도 나라를 위해 그리고 황상을 위해 죽음을 두려워하지 않고 자신의 몸을 내던졌다.

자신의 문파를 지키기 위해 죽을 것을 뻔히 알면서도 끝까지 적을 막는 자들도 있었다.

자신의 재산을 지키기 위해 목숨을 걸고 비적들과 싸우는 양민들도 있을 수 있었다.

그들은 뭔가를 지키기 위해 죽음을 두려워하지 않고 적들을 막았다.

하지만 두려워하지 않을 뿐, 죽는 것을 영광으로 생각하는 것은 아니었다. 하지만 대무신가의 수하들은 분명 죽음에 영광이 있다고 외쳤다.

그리고 실지로도 그들은 전멸을 당하는 순간까지도 순교자와 같은 모습을 견지했다.

바로 신을 믿는 광신도들만이 죽음을 영광으로 하는 부류였다.

"그럼 사공무혈이 사공무경은 신이라고 했다는 말도 기억나지?"

"그…… 거야……."

"그럼 사공무경이 진짜 사람이 아니라 신이라는 거야?"

"진짜 신인지 아닌지는 나도 몰라. 하지만 스스로는 신이라고 생각할 수도 있겠다는 생각이 들었어. 만약 진짜로 자신이 신이라고 생각한다면 천하를 자기 마음대로 주무르는 그 행동 자체를 즐길 수도 있지 않을까 싶더란 말이야."

"……."

"……진 형, 자꾸 그러지 마라. 진짜 신과 싸운다는 생각을 하면 전의만 잃는다."

"아직 말이 끝나지 않았다. 그가 신인지 아닌지는 나도 모른다고 했어. 그리고 그자는 스스로를 신이라고 생각할 수 있어. 하지만 분명한 것은 그는 인간 세상에 살고 있다. 하늘이나 지옥에 있는 신은 불사신일지 몰라도 인간 세상에서 사람의 몸을 하고 있는 이상 목이 잘리면 죽을 수밖에 없다는 말이다. 그러니 우리가 계획만 잘 짜면 죽일 수 있는 자라는 거다."

"……."

진무성의 말은 사공무경을 죽일 수 있다는 의지의 표현이었지만 모두는 오히려 더욱 불안함을 느낄 수밖에 없었다.

그들이 아는 진무성의 무공은 현 무림에서 하후광적이나 만겁마종 정도나 비교가 가능한 절대 무적에 가까웠다. 게다가 그는 계획을 세우면 즉시 실행에 옮길 정도로 과단성이 있었다.

그런 그가 계획만 잘 짜면 죽일 수 있는 자라고 했다.

그 말은 계획을 잘 짜지 못하면 죽일 수 없는 자라는 말과 같은 의미였다.

"모두 정신 차려! 주눅 들라고 한 말이 아니라 신중하라고 한 말이다. 이제부터 너희들이 중요하다."

진무성은 지도에 찍힌 점들을 가리키며 말했다.

"군에서 수전을 염두에 두고 만든 수망이 이점들을 연결하며 만들어져 있다고 한다. 이것을 사용하는 것은 황법으로 금지되어 있지만 군에서도 사용하지 않은 지가 오래돼서 있는지도 모른다고 하더라. 그것을 끌어 올려 물속에 함정을 판다."

적들의 공격이 물속에서부터 시작된 것을 안 진무성은 그것을 어떻게 막을 것인지를 고심했었다. 그때 정상회에서 아주 중요한 정보를 주었는데 바로 수군들이 호수마다 설치해 둔 수망에 대한 정보였다.

황조가 시작될 때 벌어진 전쟁 당시 사용하던 수망은 황실이 안정이 되면서 버려졌고 여전히 물속에 있다는 사실이었다.

"그리고 이건 철강시(鐵鋼矢)를 만드는 설계도다. 역시 군에서만 사용하는 건데 간신히 빼돌렸다. 철강시를 아예 살까도 생각했는데 거기에도 대무신가의 간세가 있을 것이 분명해서 설계도만 은밀히 빼냈다. 구조가 간단하고 사용할 화살은 창으로 대용하면 되니까 오랜 시간 걸리지 않고 만들 수 있을 거다. 경계선에 설치해서 하늘을 통해 날아오는 놈들을 공격해라."

"이런 준비는 또 언제 한 거야?"

"놈들의 공격이 변칙적인데 우리만 정상적으로 대처하

면 이길 수 있겠냐? 너희는 군인들을 우습게 볼지 몰라도 그들의 무기를 이용한 전술은 무림인들이라도 당해내기 쉽지 않다."

"그럼 진 형은 천하상인협회에서 뭘 할 건데?"

"당연히 대무신가를 자극할 일을 해야겠지?"

8장

 "무림과는 별개로 상단 일을 본다고 하지 않았어? 그걸로 어떻게 대무신가를 자극한다는 거야?"
 "사람들에겐 살아가며 반드시 행해야 하는 것들이 몇 가지 있어. 숨을 쉬어야 한다는 것, 물을 마셔야 한다는 것… 그리고 먹어야 살 수 있다는 것."
 "이미 무림맹에서 섬 안으로 들어가는 부식이며 어부들이 잡은 고기까지 전부 조사하여 절대 안으로 반입이 안 되도록 막고 있는데 더 무엇을 한다는 거야?"
 "눈에 보이는 것만 막을 뿐, 경비를 뚫고 들어가는 식품들 모두를 막을 수는 없다. 그놈들은 물속을 물고기처럼 자유자재로 헤엄을 치고 심지어 비익의를 입고 하늘까지 날아다닌다. 먹을 것을 반입하려고 하면 얼마든지 가능하다는 얘기다."

"그렇게 따지면 어차피 막을 방법은 전혀 없는 거 아니야?"

"아무리 비밀리에 반입을 한다 해도 결국 모든 물품은 상인을 거쳐야 한다. 그동안은 상인들을 제어할 방법이 없었지만 이제 천하상인협회를 통해 제어할 수 있게 됐다. 식품만이 아니라 모든 물건을 막을 예정이다."

"어차피 은밀하게 움직인다면 천하상인협회라 해도 막을 방법이 없는 거 아니야?"

"상인들이나 상단의 거래는 그들만의 극비였다. 그래서 우리가 거래를 하지 말라고 해도 그것을 잡아 낼 수 있는 방법은 전무했다. 하나 천하상인협회는 그들의 거래를 감사(鑑査)할 수 있는 권한이 있어."

"상인들이 자신들의 거래선을 감사하는 것을 받아들였다는 말이야?"

"그게 말이 돼?"

단목환과 백리령하는 이해가 안 된다는 듯 말했다. 상인들에 대해 잘 모르는 곽청비는 뭐가 문제인지 모른다는 듯 모두를 쳐다보았다.

상인들의 거래선은 무림 문파로 따지면 무공초식이나

마찬가지였다. 세상에 어느 무림 문파가 자파의 초식을 다른 사람에 펼치고 감사를 받는단 말인가……

"좀 의아하긴 하지? 나도 그분들이 그렇게 순순히 허락하실 줄은 몰랐다."

"진 형이 허락을 받아 놓고 마치 몰랐다는 듯이 말하면 어떡해?"

"나도 너무 쉽게 일이 풀려서 의아했었단 의미지."

진무성은 자신이 섭혼술을 이용했다는 말을 할 수는 없었다.

"어쨌든 진짜 거래선을 알 수만 있다면 오가는 배들을 모두 검문할 필요도 없겠네? 모든 물품이 움직이는 동선을 완전히 파악할 수 있으니 말이야."

"그렇게 되면 이제 그들은 공격이 아니라 먹을 것을 구하기 위해서라도 나오게 될 거야. 그때, 준비를 하고 있다가 그들을 모두 죽여. 받았으면 돌려줘야지."

"살아남은 맹도가 몇 명 있었는데 그들의 무공이 진짜 대단했다고 하던데 우리 피해가 너무 클 수도 있지 않을까?"

무공이 강한 무력단으로 새롭게 포위망을 구축하기는 했지만 문제는 그들이 선상에서의 전투에 경험이 부족하다는 점이었다.

호수가 바다보다는 잔잔하다고 하지만 제 실력을 발휘

하기에는 여러모로 어려운 점이 많았다.

우선 제대로 된 초식을 발휘하기 위해서는 바닥이 받쳐 줘야 했다. 하지만 각자 다른 수준의 무공을 지닌 무사들이 서로 내공을 운용할 경우 배가 심하게 흔들리는 것을 막을 길은 없었다.

이번 조사에 따르면 적들의 공격은 기상천외했다. 물속의 공격을 막기 위해서는 같이 물속에 들어가야 하는데 그럴 만한 수공을 지닌 자가 무력단에는 거의 없었다.

게다가 하늘에서 배를 향해 암기를 뿌린 공격은 누구라도 쉽게 대응하기 어려웠다.

심지어 그들은 무공까지 더 강했다.

"나도 그 당시 전투에 대한 보고는 받았어. 그래서 내가 수망과 철강시를 준비한 거잖아."

수군끼리의 전쟁에서 가장 많이 사용하는 전법이 불화살을 이용한 화공과 물 속으로 헤엄쳐 들어와 배에 구멍을 뚫는 수공이었다. 그래서 만들어진 것이 군수용 수망이었다.

수군에서 사용하는 수망은 보통 어부들이 사용하는 그물과는 달리 칼로도 잘리지 않는 매우 질긴 재료와 철사를 섞어서 만들어져 있었다. 게다가 그 줄 속에는 피부에 닿으면 그대로 찢어 버리는 아주 날카로운 낚시바늘 들이 촘촘히 박혀 있었다.

게다가 물 속에서는 잘 보이지도 않아서 물 속으로 다가오는 자들에게는 악마와 같은 무기였다.

얽히는 순간 바늘들은 몸을 사정없이 꿰어 버리고 움직일 수가 없게 만든다. 아무리 수공의 고수라 해도 수시로 물밖으로 고개를 내밀고 숨을 쉬어야 했다.

그런데 수망에 걸리는 순간 움직일 수가 없으니 그대로 죽을 수밖에 없다.

비록 공격에는 전혀 도움이 안 되는 방어용 무기이지만 수전에서는 없어서는 안 될 매우 유용한 무기였다.

황실에서는 모든 호수에 수망을 설치해 놓은 것은 나라 전체에 휘몰아친 역모 사건 때문이었다.

문제는 평화시에 수망을 그대로 유지할 경우 물고기들의 흐름을 막고 노에 걸릴 수도 있어 오히려 골칫거리로 전락한다는 점이었다.

결국 수군에서는 수망들을 호수 바닥에 그대로 내려 버렸다. 유사시에 다시 사용할 목적으로 비상줄은 걸어 두고 어쩌다 한 번씩 끌어 올려 관리를 했지만, 시간이 지나면서 수군에서도 아예 잊어버린 것을 정상회에서 찾아낸 것이었다.

철강시 역시 군에서만 사용되는 무기였다. 무림 세력에

서 사용하기에는 그 크기가 너무 컸기 때문이었다. 창을 화살로 사용할 정도이니 배에 싣는다 해도 거의 선상의 반은 차지할 크기였다.

비익의로 날아온 자들은 배에 어느 정도 가까워지면 우선 암기를 뿌린 후 배에 착지하는 방식을 사용했다. 비익의는 정해진 목표를 향해 날아갈 수는 있지만 방향 전환이 매우 느린 때문에 공중에 떠 있을 때 방어가 가장 어려웠다.

물론 화살 공격도 가능했지만 그들 정도의 고수들이라면 화살 정도는 얼마든지 쳐낼 수 있기 때문에 그들을 내려오기 전에 먼저 제거하기에는 약하다 할 수 있었다.

하지만 철강시는 그 사거리와 위력이 삼갑자가 넘는 초절정 고수의 호신강기까지 뚫을 정도로 엄청났다. 공중으로 공격하는 자들에게 공포의 무기일 수밖에 없었.

"당장 철강시 제작부터 해야겠네?"

"적어도 이십 대는 만들어야 하니까 제작비가 꽤 들 거야, 돈은 군림맹에서 받아 가."

무림맹은 특별 경비가 필요할 때 받아 내는 것이 매우 복잡했다. 게다가 별 소용이 없다고 판명이 날 경우 장로회의에서 질타를 받을 수도 있다는 것을 아는 진무성은 돈을 군림맹의 재정에서 빼도록 해 그의 부담을 덜어 주었다.

"고맙다."

"우리 사이에 고맙기는 뭘. 그리고 백리 형하고 곽 검주도 할 일이 있다."

"말해."

"천외천궁의 궁주님과 검각의 검후께 군림맹에서 요청하면 즉시 최정예 무인들을 보내 준다는 약조를 받아 내라."

"진 형, 이번에 대무신가 총가를 공격하려던 것도 허락을 받지 못해 애먹었는데 그런 약조를 어떻게 받아 내?"

"이유라도 확실하면 얘기는 해 보겠지만 무조건 요청하면 최정예 무사들을 보내 준다고 약조해 달라고 하면 우리보고 미쳤다고 할 거야."

"이유는 피해를 최소화하면서 대무신가를 확실히 제거할 기회를 찾았기 때문이라고 해."

"기회를 찾았다고?"

"아직은 못 찾았어. 하지만 내가 요청할 때가 바로 그 기회를 찾았을 때야. 만약 거절을 하신다면 나를 포함해 우리는 모두 죽게 될 거라는 것을 꼭 말씀드려."

순간 모두의 표정이 구겨졌다.

분명 설명이긴 한데 협박으로 들리는 것은 무슨 이유일까……

'이게 이젠 우리에게까지 협박을……'

* * *

며칠 후, 군림맹의 간부들이 동시에 막간산을 떠났다.

모두가 같이 총단을 비운 적은 가끔 있었지만 동시에 떠난 적은 처음이었다.

천의문의 간부들은 뭔가 중요한 일이 벌어지고 있음을 직감했다.

"문주님께서 오늘 떠나시면서 총단을 봉문 수준으로 경계를 하라고 하셨습니다."

수석호법인 벽력신군의 말에 여러 장로들과 호법들이 놀란 눈으로 반문했다.

"수석 호법님, 봉문 수준이면 아예 출입을 막으라는 말인데 괜찮을까요?"

천의문 총단의 정문은 천하에서 가장 바쁜 통로 중 하나가 되어 있었다. 방문하는 사람들이 하루에만 삼백여 명에 달했고 밖으로 나가는 문도들도 최소한 백여 명이었다.

대부분은 자신이 사는 곳에서 억울한 일을 당하거나 한 사람들이 해결을 해 달라고 찾아왔다.

총관부에서는 그들의 진정을 듣고 억울할 만하다고 판단이 되면 즉시 문도들을 급파했다.

약한 백성들이 당하는 어려움을 가장 먼저 해결하라는 것이 진무성의 지시였기 때문이었다. 그리고 천의문이 나서는 것만으로도 대부분은 쉽게 해결이 되곤했다.

만약 거짓으로 민원을 넣었을 경우 그는 삼 년간은 막간산 출입을 금지 당했다. 그 외에는 천의문 자체적으로 조달하는 여러 물품의 납품을 위한 상인들과 막간산을 지나던 무림인들이 절강성의 패자인 천의문에 자신들의 동선을 보고하기 위한 것들이었다.

그러다 보니 천의문 총단 앞은 이제 하나의 현을 형성할 정도로 변해 있었다.

풍찬 노숙을 하던 무림인들을 위한 주루와 객잔이 무려 네 곳이나 생겼고 여러 물건들을 파는 자그마한 시전까지 열렸다.

산이 아니라 평야였다면 이미 제법 큰 현만 한 마을이 형성되었을 것이었다.

그런데 봉문을 한다면 우선 천의문 앞에서 장사를 하는 장사치들부터 모두 망할 수 있었다.

그동안 천의문이 해결해 주던 많은 사건들도 멈추게 된다. 어떤 일이건 한 번 멈췄다가 다시 시작하려면 혼란과

정체는 피할 수 없었다.

"문주님께서도 걱정을 하시긴 했소. 하지만 대무신가에서 천의문을 직접 노린다는 정보가 들어왔다고 하십니다. 문주님께서 안 계신 동안 이곳을 지키기 위해서는 어쩔 수 없는 조치라고 생각해 주십시오."

벽력신군의 말이 끝나자 수석장로인 동정어옹이 말을 받았다.

"문주님의 이번 외유는 공식적으로는 천의문 문주의 자격이 아니라 천하상인협회의 회주이자 태평상단의 총수의 자격으로 가시는 것입니다. 저희는 문주님께서 돌아오실 때까지 총단을 안전하게 보호하는 것이 임무입니다. 나눠 드린 종이에는 각자 여러분들이 하실 일들에 대한 것입니다. 아시다시피 문주님의 예측은 거의 다 맞으셨습니다. 그렇다면 대무신가에서 본 총단을 공격할 수도 있다는 경고를 허투루 생각해서는 안 될 것입니다."

"알겠습니다!"

동정어옹의 말에 모두는 비장한 표정으로 답했다.

* * *

"사람들이 또 꽤 설왕설래할 것 같네요?"

설화영의 말에 진무성은 미소를 지으며 말했다.

"여러 가지 추측들이 난무하겠지. 어떻게 생각하건 우리는 그냥 여행이라고 생각하고 즐겁게 다녀오자고."

"예."

단목환을 비롯한 군림맹의 간부 셋이 총단을 떠나던 날, 진무성 역시 설화영과 기홍삼우 그리고 문주 호위대 이십 명과 함께 총단을 나섰다.

그의 목적지는 뜻밖에도 운남의 대리였다.

무림인으로서가 아니라 태평상단의 총수로서 중원에 들어오는 대리석을 보기 위해 가는 것이라고 공표는 했지만 누구도 그 말을 액면 그대로 믿는 사람은 없었다.

그렇게 진무성이 운남이라는 중원의 최남단에 있는 오지까지 가는 이유를 아는 사람은 한 명도 없었다.

게다가 운남으로 향한다는 그의 동선도 좀 의아했다.

절강에서 운남으로 가는 길은 강서성을 거쳐 호남으로 들어간 후 광서나 귀주를 통하는 것이 가장 빠른 길이었다.

그런데 진무성이 향한 곳은 안휘성이었다. 거리나 시간상 상당히 많이 돌아가는 셈이었는데 그 이유는 곧 밝혀졌다.

진무성이 합비로 들어가 남궁세가를 방문한 것이었다.

분명 지나는 길에 들른 형식이 아니었으니 사전에 약속이 되어 있었다고 봐야 했다.

 남궁세가의 극진한 대접을 받은 진무성은 하루를 그곳에서 묵은 후 다음 날 하남으로 향했다.

 운남과는 완전 반대 방향으로 향한 것이다.

 하남에 들어간 진무성은 우선 개방에 들른 후, 소림사로 향했다. 그가 공식적으로 소림사를 방문한 것은 이번이 처음이었다.

 소림 방장이 숭산 입구까지 마중을 나왔다는 소문은 금세 천하로 퍼져 나갔다.

 이십 년 전 하후광적이 소림사를 방문했을 때 숭산 입구까지 마중을 나온 이후 처음 있는 일이었다. 그의 위상이 이제 하후광적과 필적함을 단적으로 보여 주는 사건이었다.

 진무성은 소림사에서도 하루를 묵고는 이번에는 호북으로 향했다.

 이제 사람들은 진무성이 안남으로 간다는 것은 그냥 핑계고 무림 전체를 돌면서 중요 문파를 만나 무언가 중요한 문제를 의논하고 있는 것이 분명하다고 느끼기 시작했다.

 그리고 그 짐작이 맞는 듯 무당을 방문한 진무성은 무

당파에서도 하루를 묵었다.

 그러나 진무성이 들른 곳에서 어떤 대화를 나누었는지는 한마디도 밖으로 나오지않고 있었다.

 진무성이 각 파의 가주나 장문인과 단둘만의 독대를 했기 때문이었다.

 진무성이 무슨 의도로 주요 문파들을 방문하고 있는지는 곧 전 무림의 초미의 관심사가 되고 있었다.

* * *

 진무성의 동선은 매일 매일 모두 사공무경에게 보고되고 있었다.

 "창룡이 무당파를 나와 남쪽으로 방향을 꺾었다고?"

 "예! 아무래도 다음 행선지는 제갈세가가 아닐까 싶습니다."

 "나와 기 싸움을 하자 이건가……."

 "그게 무슨 말씀이신지요?"

 사공무일의 질문에 사공무경은 비릿한 미소를 지으며 말했다.

 "분명 내가 초대를 했다는 것을 알 텐데 모른 척 안남으로 간다고 발표를 했다. 그리고 막상 돌아다니며 정파의 핵심 세력들을 만나고 있지 않느냐?"

사공무경은 무림맹의 경비대를 몰살시킨 후, 진무성이 잠입을 할 것이니 만전의 준비를 하고 있으라고 지시했었다.

그러나 보름이 지나도록 진무성은 군산 쪽으로는 올 생각을 하지 않았다. 심지어 안휘에서 하남으로 가는 중, 지나는 무림맹조차 들르지 않았다.

대무신가의 간부들은 진무성이 사공무경의 의도를 짐작해 내지 못한 것이 아닌가 하는 의견을 냈지만 사공무경은 고개를 저었다.

마노야가 얼마나 대단한 두뇌의 소유자인지 잘 아는 그로서는 눈치를 못 챌 수 없다고 생각하고 있었기 때문이었다.

사공무경은 진무성이 그와 두뇌 싸움을 하려고 한다고 판단했다. 그리고 사공무경은 두뇌 싸움도 재미있을 것 같다는 생각이 들었다.

"정파를 돌아다니며 무슨 수작을 벌이고 있는 것일까요?"

"이곳을 공격할 절호의 순간이 닥쳤다고 판단했을 때, 즉각적으로 도움을 받을 수 있는 우군을 정비하고 있는 것일 게다."

"정말 그렇다면 저희도 준비를 해야 하지 않겠습니까?"
"저놈이 내가 무슨 준비를 하기를 원하는 것 같으냐?"
"……."
 사공무경의 질문에 모두는 입을 닫았다. 심지어 정운조차도 즉답을 하지 못했다.
"왜 답을 못해?"
"……진무성은 아주 특이한 움직임을 보이고 있습니다. 정파를 만나고 다니는 것이 특이하다고 하는 것이 아니라, 다음 행선지가 어디일지를 공지하며 다닌다는 것입니다. 그 말은 저희에게 나를 기습하라고 선동하는 것은 아닐까 하는 생각을 했습니다."
 사공무경의 질책에 결국 정운이 조심스럽게 자신의 생각을 말했다.
"그렇지! 지금 그놈이 하는 행동을 보면 기습해 달라고 애걸하는 것 같지 않느냐?"
"동선을 훤히 밝히며 다닌다는 것은 어떤 기습이 들어와도 막아 낼 수 있다는 자신감으로 보입니다."
"난 말이야. 지금 창룡 그놈이 원하는 대로 해 주고 싶지가 않거든. 공격해 달라고 도발하는데 내가 공격을 한다면 내 생각을 그놈이 읽는 것 같아서 기분이 안 좋단 말이야."

"그럼 계속 감시만 하라고 할까요?"

"지금 그놈이 호북에서 호남으로 넘어가고 있지?"

"예!"

"백야행에게 놈을 공격하라고 해라. 단 창룡 그놈은 죽이면 안 되니 그놈을 따라다니고 있는 호위들을 죽이라고 해라."

"……예?"

"대답이 그게 뭐냐? 내 지시가 이해가 안 되냐?"

"공격을 하면 창룡에게 생각을 읽히는 것 같다고 방금 그러셔서…… 죄송합니다. 감히 제가 가주님의 생각을 제대로 읽지를 못했습니다."

반문하던 정운은 급히 사죄를 했다.

사공무경의 지시에 토를 다는 것은 신에 대한 의심으로 비출 수 있어서 수하들 간에는 절대 금기로 되어 있었다. 그래서 사공무일과 사공무천 정도만 물을 수 있었다.

"그놈 머리면 내가 그놈의 생각을 읽고 자신을 공격하지 않을 것이라고 생각할 수 있다. 그러니 공격하라는 것이다."

사공무경의 이어진 말에 모두는 어리둥절한 표정을 지었지만 감히 더 이상 되묻지는 못했다.

하지만 진무성은 공격을 바라고 사공무경은 그래서 공

격을 하지 않겠다고 했었다. 그런데 자신이 공격을 안 할 것까지 진무성이 생각하고 있을 것이니 공격을 하라고 했다.

그런 식의 판단은 가위바위보와 같아서 끝이 없는 반복의 연속이 될 수밖에 없었다.

가위바위보를 하면서 상대가 난 이번에 가위를 내겠다고 말하면 그때부터 치열한 두뇌 싸움이 시작되는 것이었다.

가위를 내겠다고 말했지만 상대가 얼마든지 거짓말을 할 수 있다면……

공격을 하고 안 하고를 떠나 진무성을 죽이지 않을 것이라면 이런 싸움은 할 이유도 필요도 없는 것이었다.

그러나 사공무경은 매우 재미있다는 듯 즐거운 미소까지 보이고 있었다. 그런데 그런 쓸데없는 생각을 하고 있는 사람은 또 있었다.

* * *

"사공무경이 걸려들까요?"
"그자는 자신이 신이라고 생각하고 있는 자야. 분명 걸려들 거야."

"그런데 지금 생각 상공의 생각이에요 아니면 마노야의 생각이에요?"

"흠~ 아주 어려운 질문이네……? 사실 원래의 나라면 이런 생각은 전혀 하지 못했을 거야."

"그럼 마노야의 생각이네요?"

"그런데 그것도 아닌 것 같아. 저번 기연 때 숨어 있는 마노야를 찾아냈어. 그런데 거의 소멸됐다고 보일 정도로 구석에 숨어 있더라고. 없애 버리고 싶었지만 없앨 방법이 없어서 그대로 둔 상태긴 하지만 더 이상 내게 영향을 끼치지는 못할 상태였어. 아무래도 이젠 마노야의 생각이냐 내 생각이냐를 따지는 것은 무의미한 것 같아."

잠시 말이 없던 설화영은 조심스럽게 다시 입을 열었다.

"상공, 제가 이런 말을 해도 될지 모르겠지만……."

"영 매가 내게 못 할 말이 뭐가 있어. 말해 봐."

"상공의 생각이 점점 정교해지고 있어요. 마치 모든 계획을 처음부터 다 염두에 두고 짠 것처럼 척척 이어지고 있고요. 게다가 아직 한 번 보지 못한 사공무경에 대한 분석도 확신하듯이 말씀하세요."

"영 매의 말은 내가 마노야 쪽으로 더 가까워지고 있다는 말인가?"

"꼭 그런 것은 아니에요. 다만……."

그녀는 진무성의 계획에 전혀 자비란 것이 없다는 점이 불안했다. 이번 운남으로 가는 것도 사실은 마약 조직을 완전히 제거해서 중원으로 앵속이 들어오는 것을 원천 봉쇄할 계획이었다.

천하상인협회를 만들기로 계획을 한 이후, 진무성은 중원에 유통되는 물품들이 만들어지고 운반되어 팔리는 과정에 대해 열심히 공부를 했었다.

그리고 천의문을 운영하면서 들어가는 비용에 대해서도 정밀한 계산을 했다.

그 결과 천하상단이 아무리 크다 해도 대무신가의 모든 재정을 감당하는 것은 어렵다는 판단을 내렸다.

문제는 암흑상단에서 벌어들인 자금까지 합해도 여전히 부족하다는 사실이었다.

지금은 사대금지 구역을 없앴고 삼지가까지 제거한 상황이라 그 비용은 상당히 줄었겠지만 모두가 멀쩡하게 존재했을 때 대무신가에서 필요한 자금은 상상을 불허할 정도로 천문학적인 돈이 필요하다는 결론을 내렸기 때문이었다.

결국 모자란 자금을 보충할 곳이 무엇인가를 생각하자 남은 것은 밀수와 마약이었다.

지금 중원에 유통되는 마약들의 자금이 대부분 대무신가와 암흑상단에 몰리고 있다는 것이 모든 정보통들의 한결같은 의견이었다.

암흑무림이 대무신가와 깊은 연관이 있는 것이 확실시되고 있으니 모두 사공무경에게 들어가고 있다고 보는 것이 합리적이었다.

밀수품은 대부분 광동의 홍항과 절강의 주산군도 그리고 산동을 통해 유입이 되고 있었다. 그중 홍항을 통해 들어오는 밀수품이 반을 넘었다.

진무성은 홍항을 봉쇄하기 위해서 만겁마종에게 엄청난 이익을 보장하는 약조를 맺었다.

지금 구양청이 홍항에서 하는 일이 바로 항구를 통해 들어오는 모든 물건들을 통제하는 것이었다.

그렇다면 남은 것은 마약의 연결고리를 잘라 버리는 것이었다.

마약은 대부분 안남과 운남에서 들어왔다. 특히 운남에서 재배되는 앵속의 양은 중원을 유통되는 마약의 팔 할을 차지할 정도로 막대했다.

진무성은 바로 그곳을 없앨 생각이었다.

설화영이 걱정하는 것이 바로 그 부분이었다.

앵속을 재배하는 것이 나쁜 일임은 분명했다. 문제는

그 재배하는 사람들이 대부분 가난한 양민들이라는 점이었다.

척박한 안남에서 그들이 그래도 살아갈 수 있는 방법이 앵속 재배밖에 없었다.

심지어 그들이 힘겹게 고생하여 재배한 앵속을 마약 조직으로 넘기고 받는 액수는 정말 적었다.

실질적으로 따지면 그들 역시 피해자라고 할 수 있었다. 하지만 진무성은 그들까지도 모조리 제거할 계획을 세우고 있다는 것을 그녀는 알고 있었다.

"다만 했으면 계속 말을 해야지?"

"먹고 살기 위해 혹은 협박을 받아 어쩔 수 없이 그들에게 동조하거나 협력한 자들은 어느 정도는 구제가 되어야 하지 않나 하는 생각이 들었습니다."

진무성은 이미 그녀가 무엇을 걱정하고 있는지 짐작을 하고 있었던 듯했다. 그녀의 말을 듣자 곧 고개를 끄덕이며 답을 했기 때문이었다.

"영 매가 그런 생각을 하고 있다는 것을 어느 정도는 짐작을 하고 있었어?"

"어떻게요?"

"재배지를 완전 초토화해 버리겠다고 했을 때 영 매가 가장 먼저 한 말이 뭔지 알아?"

"재배하는 농민들은 어쩌실 생각이냐고 물었습니다."
"그래, 그때 내 대답은 참초제근(斬草除根)이었지. 정상회를 통해 그들이 얼마나 큰 어려움을 겪고 있는지는 알고 있어. 그런데 나라에서 군인까지 충동해서 앵속의 반입을 막으려고 했는데 왜 계속 실패를 할까?"
"마약 조직을 완전히 없애지 못해서가 아닐까요?"
"아니, 앵속이 계속 재배되고 있기 때문이야. 아무리 마약상들과 조직을 없앤다 해도 앵속이 계속 재배되는 이상 근절은 불가능해. 그래서 안타깝지만 대를 위해 소를 희생해야 한다는 것이 내 판단이야."

순간 설화영의 표정이 어두워졌다.

진무성은 대를 위해 소를 희생한다는 말을 싫어했기 때문이었다.

9장

"소수의 입장도 언제나 존중하시던 상공께서 그 말을 하시니 좀 이질감이 드네요."

"소수는 약하고 힘이 없어 도움을 받지 못하는 사람들을 말하는 거야. 그래서 난 그들의 위해 최선의 노력을 할 거야. 하지만 소는 달라. 영 매는 한 명을 죽여 백 명을 살릴 수 있다면 어떤 결정을 하겠어? 영 매는 어떨지 몰라도 나는 흔쾌히 한 명을 죽여 백 명을 살리는 결정을 할 거야."

"하지만 소가 약하고 힘이 없어 어쩔 수 없이 그 일을 하고 있다면 구제할 방법도 한 번은 강구해 봐야 하지 않을까요?"

"그럴 수 있는 시간이 있다면 그래야 하겠지. 하지만 나는 우리에게 많은 시간이 있다고 생각하지 않아. 그렇지만 영 매가 원한다면 모든 계획을 바꾸더라도 그렇게 해 줄게. 내게는 어느 것보다도 영 매가 편안한 마음을 갖는 것이 가장 중요하거든."

"아닙니다. 제가 생각을 잘못했습니다. 상공 말씀이 맞아요. 제가 상공의 깊은 뜻을 모르고 방해가 될 뻔했습니다."

"무슨 소리야? 나야말로 지금 영 매가 해 준 말이 얼마나 고마운데."

"고마울 것이 무엇이 있겠습니까?"

"사실 나도 지금 내가 하는 생각이나 행동이 정말 나인지 헷갈릴 때가 있어. 이러다가 완전히 나를 망각하고 폭주를 하는 것은 아닌지 걱정될 때도 있고. 그래서 영 매의 이런 고언은 내게 정말 필요해. 그래야 내가 다시 한번 나의 행동을 반추하고 잘못된 것은 없는지 생각해 볼 기회를 주거든."

"상공께서 그렇게 말씀해 주시니 정말 감사합니다."

"감사하니 미안하니 하는 그런 소리 하지 말라니까?"

"알겠습니다."

진무성의 말에서 깊은 사랑을 느낀 설화영은 감격한 표

정으로 답했다.

"문주님, 이 지역 무림인들이 문주님을 기다리고 계십니다."

그때 밖에서 주성택의 목소리가 들려왔다.

진무성이 자신의 동선을 알리면서 다니자 그가 지나는 길목에 있는 무림 문파나 무관에서는 모두 나와서 그를 환영하는 모양새를 갖췄다.

진무성에게 눈도장이라도 찍을 수 있는 절호의 기회를 놓칠 수 없어서였다.

그런데 그 수가 너무 많았다. 지금 모인 사람만도 최소한 오십 명은 되어 보였다. 그동안 그들 기다렸던 자들까지 합친다면 이백 명은 가뿐히 넘을 정도였다.

진무성조차 무림에 이렇게 많은 문파가 있는 줄은 처음 알았다.

물론 대부분은 무관 수준의 미미한 존재감을 가진 작은 문파들이었지만 수하가 백 명이 넘는 중견 문파들도 제법 있었다.

무림맹에서도 파악하지 못한 문파들이 이렇게 많은 이유는 이들 대부분이 자신들의 정체성을 티내지 않아서였다.

정파에도 사파에도 끼지 못할 정도로 규모가 작은 이유

도 있었지만 괜히 나섰다가 반대파에게 해를 당할 수 있기 때문이었다.

그래서 그들은 지역의 패자들에게만 충성을 하는 척할 뿐이었다.

천의문처럼 정파라고 공언하면서 개파하는 경우는 뒷배가 확실한 경우였다.

구파일방의 속가 제자들이 작은 무관을 열면서도 떳떳하게 정파라고 큰소리치는 것은 바로 그들을 건드리면 구파일방과 척을 질 수 있다는 것을 알리면 알아서 건드리지 않기 때문이었다.

뒷배가 없는 문파들은 언제나 살얼음을 걷듯 조심 또 조심하면서 문파를 운영했다.

그래서 그들은 명성이 있는 무림인들과 친분을 갖는 것을 최우선으로 삼을 정도로 열심이었다.

알아주는 사람도 없고 초대도 받지 못했음에도 큰 문파의 잔치에 선물을 들고 참가하는 것도 같은 이유에서였다.

그런데 그들에게 엄청난 기회가 온 것이었다.

만약 진무성과 대화라도 몇 마디하게 된다면 그것은 그대로 그들의 뒷배로 작용할 수 있었다.

무림의 고수들은 유치할 정도로 체면을 중시하기 때문

에, 자신과 화기애애하게 대화를 나눈 자가 누군가에게 해를 입을 경우 함께 화를 내 주는 경향이 있었다.

직접 나서지 않고 원한을 맺지는 않는다 해도 고수의 심기를 건드렸다는 그 자체만으로도 작은 문파들에게는 큰 부담으로 작용하기 때문이었다.

평상시에는 먼발치에서 간신히 얼굴이나 볼 수 있는 진무성을 가까이서 인사까지 할 수 있는 기회를 놓친다면 그들 입장에선 천추의 한이 될 수도 있었다.

오는 길목에 혼자 기다리다 인사를 하는 것이 무리 지어 있는 것보다는 나을 것 같지만 혼자 서 있다면 진무성 일행은 그를 거들떠보지도 않고 그냥 지나쳐 갈 공산이 컸다.

그나마 이렇게 무리를 지어 있어야 인사를 나눌 확률이 높다는 것을 아는 그들이기에 진무성이 도착하기 며칠 전부터 서로 연락을 하여 어디서 만나자고 약조한 상황이었다.

"천의문의 진 문주님께서 이곳에 오신다는 말을 듣고 인사라도 드리기 위해 저희가 모였습니다. 약소하나마 문주님을 위해 선물도 준비했으니 잠깐이라도 나오셔서 인사를 받아 주신다면 삼생의 영광으로 생각하겠습니다."

모인 자들 중 가장 세가 큰 유성방의 방주가 대표로 나서 공손히 허리까지 숙이며 크게 소리쳤다.

"동선을 알려 주니까 이런 문제가 있었네?"

유성방 방주의 목소리를 들은 진무성은 어쩔 수 없다는 표정으로 마차 문을 열며 밖으로 나갔다.

이미 이런 만남을 여러 차례 앞길에서 가졌던 그는 귀찮아할 만도 했지만 마차 밖을 나선 그의 얼굴엔 그런 기색은 전혀 보이지 않았다

사실 그의 성격상 자신을 환영하기 위해 모인 사람들에게 박절하게 대할 수는 없었다. 게다가 이들은 대부분 그보다 나이까지 많았다.

밖으로 진무성이 모습을 드러내자 모인 군웅들은 모두 자신들의 문파와 이름을 크게 외치며 허리를 숙였다.

"유성방 방주 황인용 창룡 대협께 인사드립니다!"

"소요문 문주 심선복 창룡 대협께 인사드립니다!"

……

수십 명이 동시에 서로를 소개하니 소리가 섞여 알아들을 수 없을 것 같았지만 진무성은 모두를 다 알아듣고 심지어 기억까지 하고 있었다.

그는 가장 앞에 있는 황인용에게 포권을 하는 것을 시작으로 한 명 한 명의 이름을 부르며 공손히 인사를 했다.

"천의문 문주 진무성입니다. 황 방주님께서 그냥 지나

가는 저를 이렇게 반겨 주시니 감사할 따름입니다."

"천의문 문주 진무성입니다. 심 문주님께서 그냥 지나가는 저를 이렇게 반겨 주시니 감사할 따름입니다."

이름만 바뀌었을 뿐, 토씨 하나 틀리지 않는 천편일률적인 인사였지만 모두는 감격한 표정이었다.

명성이 높은 무림 고수들에게 인사를 하기 위해 이렇게 모인 것이 한두 번이 아니었다.

그들의 인사를 아예 받지도 않고 눈길조차 보내지 않으면서 그냥 지나가는 사람도 꽤 있었고, 밖으로 나와 인사를 받기는 하지만 모두를 뭉뚱그려 한 번의 포권으로 답을 하고는 한마디 말도 없이 다시 제 갈 길을 가는 사람도 부지기수였다.

그런데 진무성은 한 명 한 명 모두와 눈을 마주치며 미소까지 보냈고 놀랍게도 그들의 이름까지 외웠는지 한 명의 실수도 없이 성과 문파의 지위를 붙여 인사를 한 것이다.

진무성에게 호의적이었던 사람들은 이번 인사로 더욱 그에게 호의적으로 변했고 소문만 듣고 두려워 하거나 마지못해 나온 자들까지도 진무성에게 새로이 호감을 느낄 정도였다.

"저는 제게 호의적으로 대하시는 분들을 실망시킨 적

이 없습니다. 위험을 무릅쓰고 저를 도와주신 분들께는 죽을 때까지 그 은혜를 잊지 않습니다. 오늘은 제가 갈길이 바빠 이대로 떠나지만 여러분들과 좋은 만남을 가질 기회가 반드시 있을 것입니다."

"와아! 언제든지 불러만 주시면 대협을 돕기 위해 당장 달려가겠습니다!"

인사가 끝나고 모두를 향해 다시 한번 우호적인 말을 하자 화답하듯 모두가 소리쳤다.

그가 싸울 적들을 생각하면 전력적으로 크게 도움이 되지는 못하겠지만 밑바닥 여론을 자신에게 유리하게 이끄는 것이 유사시에 얼마나 큰 도움이 되는지를 그는 잘알고 있었다.

다시 한번 공손히 포권을 한 진무성이 다시 마차를 타고 길을 떠나자 군웅들은 마차가 보이지 않을 때까지 허리를 숙이고는 예를 보냈다.

* * *

"네가 보기에 어떠냐?"

그 모습을 주루의 지붕에 앉아 보고 있던 거지 노인이 잘생긴 중년 거지를 보며 물었다.

노인은 개방의 수석 장로인 구룡신개였고 중년 거지는 개방이 자랑하는 천강개를 총괄하는 순찰천강대장 소천신개였다.

 개방에서는 진무성을 따라다니며 감시하는 임무를 둘에게 맡겼다.

 수석 장로와 순찰천강대장에게 한 개인의 감시를 맡겼다는 것은 그만큼 진무성에 대해 매우 중요하게 생각하고 있음을 말하는 것이었다.

 "저는 도저히 따를 수 없는 대단한 자입니다."

 "지금 너와 비교를 한다는 거냐? 무림맹주님까지 밀리고 있는 창룡과 어떻게 너를 비교한다는 거냐?

 "저도 개방에서는 백 년 내의 기재라는 말을 들었습니다."

 "그래, 나도 네가 대단한 거는 알아. 분명 개방만 따지면 백 년 내의 엄청난 기재지. 그런데 창룡은 무림에서 천 년 내의 기재라는 것이 문제지."

 "천 년 내는 너무 높게 평가하신 것 아닐까요? 무림 역사를 보면 대단한 자들이 꽤 많지 않았습니까? 정파로는 달마대사님이 계시고 마도에는 천마가 존재했구요. 사파 역시 혈신이라는 천고의 악인이 있었지 않습니까?"

 "천 년 내의 기재가 한 명만 있으란 법이 있다더냐?"

구룡신개의 말에 소천신개는 맞다는 듯 답했다.

"사숙님 말씀을 듣고 보니 그렇긴 합니다."

"그럼 다시 물어보마. 여기까지 오는 동안 무림인들이 창룡에게 인사를 하기 위해 모여 있었던 곳이 모두 네 곳이었다. 그런데 신기할 정도로 네 곳 다 창룡과 헤어질때면 저렇게 허리를 숙이고는 존경을 표한단 말이야. 네 생각에 어떻게 저럴 수가 있을까 하는 생각이 안드냐?"

"놀랍기는 합니다. 창룡 대협의 명성이면 사실 저렇게까지 할 필요는 없지 않겠습니까?"

"지금까지 사파와 마도는 물론이고 정파까지도 절대자급의 명성을 얻은 자들은 권위를 세운다는 명분으로 저런 작고 약한 문파들은 거들떠도 안 봤다. 그런데 창룡은 무림과 전혀 관련이 없는 양민들에게 이상할 정도로 신경을 쓰고 별 도움도 안 되는 작은 문파까지도 다독이고 있다. 그런데 결과는 놀라울 정도로 창룡의 권위가 더 높아지고 있다는 점이다."

"지금 창룡 대협의 명성이면 당연할 수도 있는 일이 아니겠습니까?"

"지금은 완전히 박살이 나서 거의 와해됐지만 정파에서도 창룡을 견제하는 문파가 꽤 많았다. 내 정보에 의하면 황실에서도 주시하고 있다고 한다. 창룡이 어디까지를 목표로 삼고 있는지를 불안해하고 있다는 말이다. 창룡도 그것을 모르지 않을 텐데 왜 계속 저 행보를 이어가는 것일까?"

"무림인들을 규합해서 세력을 확장하고 있는 것도 아니고, 힘없는 양민들과 이름 없는 작은 문파들에게 친절하게 대하는 것뿐인데 사숙께서 걱정하시는 이유를 모르겠습니다."

"글쎄다. 나도 기우였으면 좋겠다. 방주님께서 우리에게 이 일을 맡긴 것은 노파심이기를 바라면서도 뭔가 주시하지 않으면 안 되겠다고 판단하셨다는 의미가 아니겠느냐?"

"방주님이나 사숙께서는 창룡 대협에게 매우 호의적인 것으로 알고 있었는데 아니었습니까?"

"호의적이지. 그리고 지금도 개인적으로 아주 좋아한다. 하지만 한 인간이 너무 완벽하면 그것도 문제가 될 수 있단다. 창룡은 처음 만났을 때와 비교하면 열 배는 강해진 것 같다. 그게 말이 된다고 보느냐?"

"열 배나 강해진 것이 아니라 십분지 일만 자신의 능력을 보였던 것이 아닐까요?"

"그럴 수도 있지. 내가 창룡과 여러 일을 의논했었다. 그런데 그가 예측한 일들이 거의 다 맞았다. 책사로 쳐도 거의 와룡이나 봉추의 능력을 가지고 있었다."
"그 정도로 머리가 좋으니까 저 젊은 나이에 저렇게 무공이 높아질 수 있었을 것입니다."
"소천아."
"예."
"사형께서 네가 너무 충직한 것이 걱정이라고 하시더니 너무 모든 것을 낙관적으로 생각하는 그 성격이 더 문제인 것 같구나."
 누군가를 감시하려면 우선은 감시자의 모든 것을 의심해야 한다. 그런데 소천신개는 이미 진무성에게 호의를 느끼고 있는 것 같았다.
 소천신개는 죄송하다는 듯 고개를 꾸벅하며 답했다.
"사숙께서 무엇을 걱정하시는지 저도 잘 압니다. 그럼에도 저를 창룡 대협의 뒤를 따르도록 총단에서 결정하신 이유는 그만큼 중요한 분이기 때문이겠지요?"
"수석장로와 순찰천강대장은 둘이 의논해서 결정을 할 수 있는 권한이 있다. 방주님께서 총단에 연락을 해서 허락을 받는 거추장스러운 단계를 없애신 것이다."
 개방에서 이런 특별한 수단까지 강구한 이유는 이미 계획한 것인지 즉흥적으로 결정한 것인지는 모르지만 진무성의 행보에 따라 너무도 갑작스레 사건이 벌어지는 경우가 자주 있었기 때문이었다.

그럴 때마다 총단에 연락을 하고 허락을 구하는 방식으로는 대처를 할 수 없기 때문에 이런 특별 조치를 취할 수밖에 없었던 것이었다.

"창룡 대협의 무공이 소문대로 그렇게 대단하다면 이렇게 미행하듯 따라가는 것은 오히려 심기를 거슬릴 수도 있다고 봅니다."

"그래서 같이 갈 수 있냐고 물었더니 이번 외유는 무림이 아니라 상단의 일로 움직이는 것이라서 같이 다니기는 어렵다고 하더구나."

"상단의 일이라고 보기에는 그동안 들른 문파들이 다 무림 세력이었지 않습니까?"

"그랬지. 지금도 가는 방향을 보면 제갈세가에 들를 것 같다."

"방주님과는 무슨 대화를 나누었는지 사숙께서도 모르십니까?"

"지금까지 들른 문파가 네 곳이다. 그런데 어디에서도 나오는 것이 없어. 이런 적은 내가 강호행을 시작하고 처음 겪는다. 분명한 것은 대단히 중요한 대화를 했을 것이라는 추정뿐이다."

구룡신개의 인맥은 개방에서도 알아 줄 정도로 깊고 넓

었고, 그의 발은 뻗치지 않는 곳이 없었다. 한 문파라면 몰라도 네 문파를 거쳐 갔다면 조금이라도 뭔가가 그에게 들려 와야 했지만 놀랍게도 진무성과 무슨 대화를 나누었는지를 아는 사람은 없었다.

 네 곳의 수장 모두가 가장 측근들에게조차 의논을 하지 않았다는 의미였다.

 "하나 더 추정이 가능하다고 봅니다."

 "무슨 추정?"

 "방주님께서 수석장로님과 호법님들께도 언질을 하지 않는다는 이유는 창룡 대협과 약조를 했기 때문일 것입니다."

 "당연히 그랬겠지. 나도 창룡과 몇 번 대화를 해 봤는데 거래라는 개념이 전혀 통하지 않는 친구였어. 자신이 말한 것은 무조건 비밀을 지켜야 하고 만약 비밀이 새어 나가면 다음부터는 만날 생각도 하지 말라는 식이었지."

 "그래도 정파나 본 방에 해가 되지 않는다는 확신이 있으시니까 비밀을 지켜 주신 것 아니십니까?"

 "그건…… 그랬지. 그리고 이익은 안 돼도 손해만 없다면 굳이 창룡과 척을 질 이유가 없지 않느냐?"

 "그렇다면 방주님께서도 같은 마음이실 것이니 본 방에 해가 되거나 정파에 누가 되는 대화는 아니었다는 추정이 가능하지 않겠습니까? 만약 해가 된다면 아무리 약조를 했다 해도 방주님께서는 거절을 하시거나 원로 분들과 의논을 하셨을 것입니다."

소천신개의 말을 다 들은 구룡신개는 뜻밖이라는 표정으로 반문했다.

"소천아."

"예."

"네가 원래부터 이렇게 똑똑했었냐?"

"개방의 백 년 내 최고 기재라는 말을 그냥 얻었겠습니까?"

"하긴 그렇지."

"사숙, 창룡 대협의 마차가 시야에서 사라졌습니다. 이제 우리도 움직여야 하지 않겠습니까?"

"어차피 어디로 갈지 다 아는데 급히 쫓아다닐 필요가 있겠느냐?"

"그러고 보니 그러네요. 그런데 사숙."

"왜?"

"지금 창룡 대협을 노리는 자들이 사방에 널려 있지 않겠습니까?"

"그래 예전 같으면 혈사련의 잔당들이나 사파나 마도에 해가 된다고 믿는 미친 망둥이 같은 놈들이 이미 여기

저기서 창룡을 죽이려고 시도했을 게다. 하지만 이젠 창룡이 그런 식으로 죽일 수 있는 위인이 아니라는 것을 모두 알고 있으니 몸을 사리고 있는 게지. 문제는 대무신가인데 지금 무림맹에서 그들을 포위하고 있으니 어떻게 나올지는 나도 모르겠구나."

"그럼 더 이상하지 않습니까?"

"뭐가?"

"창룡 대협께서 동선을 모두가 알도록 하는 것이 말입니다. 기습할 놈들은 아무리 숨어다녀도 기어이 찾아내 공격을 하기는 하더군요. 하지만 그렇다 쳐도 마치 공격하라는 듯 동선을 다 공개하면서 움직인다는 것은 제 상식으로는 이해가 안 가서 말입니다."

"그 이유를 난 짐작하지."

구룡신개는 뭔가 기억나는 것이 있는 듯 말했다.

"이유를 아신다고요?"

"창룡은 스스로 자신을 미끼로 대무신가놈들을 유인해서 전력을 줄이는 계획을 짠 적이 있었다."

"창룡 대협이 자신을 미끼로 썼다는 말입니까?"

"당시 나도 깜짝 놀랐었다. 만약 이번 외유를 하면 동선을 공개하는 것도 같은 이유라면 정말 특이한 사람이라고 할 수 있겠지."

명성이 어느 정도 이상으로 높아지면 자신을 위험에 빠뜨릴 수 있는 행동은 자제하는 것이 일반적이었다. 이미 절대자 반열에 올라선 사람이라면 더욱 그런 상황은 만들지 않는 것이 상례(上例)였다.

"정말 알면 알수록 특이하다 못해 신비하기까지 한 것 같네요."

"그렇기 때문에 그런지는 몰라도 그를 만나면 의식하기도 전에 그에게 푹 빠져저리게 만드는 매력도 상당했다. 그런데 소천 너는 창룡에 너무 모르는 것 아니냐? 순찰천강대장이면 본 방의 전력의 반 이상을 좌지우지하는 자리인데 어찌 그렇게 정보에 취약한 거냐?"

소천신개는 죄송하다는 듯 고개를 꾸벅하며 답했다.

"남들이 아는 것은 다 압니다. 하지만 창룡 대협에 대한 정보를 크게 생각하지 않은 이유는 단목 공자 때문입니다."

"단목환?"

"예."

"그 아이가 어째서?"

"단목 공자는 제가 만나 본 사람 중에 가장 정의로운 자였습니다. 게다가 술수나 속임수조차도 혐오하는 진정한 대협 같은 풍모를 지녔습니다. 그런 그가 창룡 대협을 매우 신뢰하고 있다고 들었습니다. 전 창룡 대협에게 뭔가 수상스러운 낌새가 있었다면 단목 공자께서 그렇게 친하게 지낼 리 없다고 판단했을 뿐입니다."

"네가 단목환과 친했지?"

"어려서 단목 공자의 호위를 했습니다. 그때 어린 단목 공자에게 정말 많이 배웠습니다."

"그때 단목환은 열 살도 안 됐을 때라고 아는데 네가 오히려 배웠다는 것이냐?

구룡신개가 의외라는 표정으로 반문하자 그는 결심한 듯 물었다.

"사숙, 제가 창룡 대협을 직접 만나 보고 싶은데 허락해 주시겠습니까?"

"굳이 그럴 필요가 있겠느냐?"

"명색이 개방의 전 분타를 총괄하는 순찰천강대장인데 아직까지 창룡 대협과 인사도 하지 못했다는 것은 문제가 아니겠습니까?"

그의 말에 잠시 고민하던 구룡신개가 고개를 끄덕였다. 그가 진무성을 직접 만나 판단을 해 볼 생각이라는 것을 직감했기 때문이었다.

팔결 이상의 최고위 간부들의 제자는 누구나 방주가 될 수 있는 개방의 체계에 따르면 그는 다음대 방주 일 순위에 이름을 올려 두고 있는 상황이었다.

설사 방주가 못 된다 해도 최소한 다음대 수석 호법 자리를 예약한 소천신개였다.

"네 말대로 네가 아직도 창룡을 만나지 않은 것은 조금 문제가 있구나. 그럼 만나는 보되 비공식적으로 만나거라."

"감사합니다."

대답을 한 소천신개의 눈은 진무성이 사라진 방향으로 향했다.

* * *

탕! 탕! 탕……!

열심히 쇠를 두드리던 대장장이 엽숙의 망치가 갑자기 멈췄다. 그의 눈은 대장간의 정면에 위치한 산을 향했다.

산 위로 하얀 연기가 규칙적으로 떠오르고 있었다. 그것은 마치 봉화를 피우는 것 같은 모양이었다.

'오랜만에 보는 연락이군……'

엽숙은 망치를 바닥에 내려놓더니 옆에 있는 천을 들어 온몸을 흐르는 땀을 닦고선 화로의 불을 껐다.

"조금만 쉬고 있거라. 빨리 끝내고 돌아오마."

그는 마치 화로가 사람인 듯 말하고는 스르르 그대로

사라져 버렸다.

　　　　　＊　＊　＊

"오늘은 도박하면 그동안 잃은 돈을 다 만회할 정도의 큰돈을 딸 운세네. 하지만 따자마자 손을 털고 일어나야지 만약 계속한다면 오히려 딴 돈은 물론 가지고 있던 돈까지 다 잃을 수 있으니 명심하시게."

산통의 산가지를 뽑은 중년인은 점쟁이의 말을 듣자 얼굴에 기대감이 나타났다. 그동안 그가 도박장에 갖다바친 돈이 얼마였던가……

비록 점쟁이의 점쾌였지만 그 돈을 다 만회할 수 있다고 하니 기쁘지 않을 수 없었다.

도박하는 자들이 결국 돈을 다 잃는 이유는 잃으면 본전을 딴다는 핑계로 계속하고 돈을 따면 그 운이 계속될 거라는 착각 속에 일어나지 못하기 때문이었다.

도박꾼들이 자리에서 일어나게 되는 경우는 돈을 다 잃었을 때뿐이라는 점을 감안하면 점쟁이의 점쾌는 오늘 그가 모든 돈을 다 잃을 것임을 암시하는 말이었다.

그가 혼자 기대에 절어 일어나자 이번에는 중년의 남자가 점쟁이 앞에 쭈그리고 앉았다.

"이런 종이를 받았는데 이게 무슨 의미인지를 모으겠소이다."

중년인은 마치 부적처럼 보이는 기이한 문양이 그려진 종이를 점쟁이 앞으로 내밀었다. 종이를 잠시 주시한 점쟁이는 갑자기 산판과 산통을 거두며 말했다.

"할 일이 정해졌으니 준비하라는 의미요."

"그런 거였군. 그럼 나도 준비를 해야겠네."

중년인과 점쟁이는 서로를 보며 씨익! 미소를 짓더니 갑자기 동시에 사라져 버렸다.

당연히 그들을 보고 있던 사람들은 화들짝 놀라 단숨에 이십여 보씩 뒤로 물러섰다. 심지어 뒤도 보지 않고 줄행랑을 친 사람도 있었다.

방금까지 점을 치던 점쟁이와 의뢰하던 중년인이 눈앞에서 갑자기 사라졌으니 놀라지 않는다면 그것이 더 수상한 일이라 할 수 있었다.

대장장이 엽숙과 마찬가지로 그들 역시 무언가 비밀 지령이 떨어진 것이 분명했다.

그런 식으로 갑자기 사라진 사람들은 무려 삼십여 명이나 되었다. 모두 다른 직업을 가지고 있었고 나이도 모두 달랐다.

특히 연락을 받자마자 사람이 있건 없건 그 자리에서

그대로 사라질 정도로 빠르고 정교한 신법의 대가들이라는 사실이었다.

그들이 향한 곳은 호남 중부에 있는 이름 모를 산의 관제묘였다.

* * *

"상공, 따르는 사람들이 너무 많아진 것 같은데 계속 이대로 가실 생각이세요?"

진무성이 마차를 타고 움직인다는 사실이 알려지며, 마차를 따라다니는 사람들의 수가 급속하게 늘어나기 시작했다.

일상적으로 진무성의 일거수일투족을 감시하던 자들뿐 아니라 정체를 알 수 없는 무림인들의 수도 만만치 않게 많아졌다. 물론 팔 할 이상은 진무성에게 자신의 원한이나 억울함을 풀어 달라는 하소연을 하기 위해 온 사람들이었다.

"제갈세가의 세력권을 벗어나면 더 이상 쫓아 오지 못하게 해야지."

진무성의 답에 고개를 끄덕인 설화영은 조심스럽게 다시 입을 열었다.

"상공을 노리는 세력들이 준동을 시작한 것 같아요. 오늘 아침부터 상당히 안 좋은 예감이 자꾸 느껴지기 시작했습니다."

그녀가 안 좋은 느낌을 느낀다는 것은 그 둘을 해꼬지하려는 무언가가 다가오고 있다고 보아도 될 정도로 설화영의 촉은 매우 정확했다.

"사공무경, 이자 재미있는 점도 있는 것 같아."

"재미있는 점이요?"

"사실 난 사공무경이 나를 노리는 일은 없을 것이라고 생각했거든. 그런데 공격을 할 모양이네? 아무래도 나보다 한 수를 더 본 것 같아."

"그래도 그자가 어떤 식으로 머리를 굴리는지는 파악했으니 다행 아니겠습니까?"

"분명한 것은 그자의 다음 행동을 예측하는 것이 매우 어렵다는 것만은 확실하게 알 수 있겠어."

"그래도 아직 언제 어디서 공격을 할지는 모르잖아요?"

"영 매가 오늘 아침에 느꼈다면 그다지 멀지 않은 곳에서 공격이 시작되겠지."

진무성은 또 한 번 대무신가에게 경고를 줄 수 있는 상황이 온 것이 그리 나쁘지는 않았다.

10장

관제묘 앞에 삼삼오오 모여 담소를 나누는 삼십여 명의 사람들은 장소만 아니었다면 어디서나 볼 수 있는 평범한 사람들 모습이었다.

이미 안면이 있는 사람도 있는 듯 옛이야기를 하며 웃는 사람도 있었고 처음 온 듯 어디에도 끼지 못하고 나무에 등을 대고 우두커니 서 있기만 한 사람도 있었다.

"모두 모였느냐?"

그와 동시에 아주 왜소하고 쓰러질 듯 병색이 완연한 노인 한 명이 나타났다.

"영주님께 인사드립니다."

모두는 노인을 보자 급히 허리를 숙이며 인사를 했다.

"모두 놀고 있지는 않았겠지?"

"잠시도 쉬지 않고 수련을 했습니다. 명령만 내리시면 누구든 제거할 수 있습니다."

대장장이 엽숙이 이들 중 지위가 높은 편인지 대표하여 답했다.

"오늘 모인 수가 좀 많지?"

"저희도 도착한 후에 깜짝 놀랐습니다. 백야혈에서 다섯 명이상이 같이 작업에 나간 것이 딱 한 번 있었습니다. 그 외에는 거의 두 명으로 임무를 펼쳤는데 삼십 명이라니…… 도대체 상대가 누구이기에 이렇게 많은 수를 소집하신 것입니까?"

"대충 짐작은 했을 텐데? 현 무림에서 서른에 달하는 백야혈을 동원하게 할 수 있는 자가 누가 있겠느냐?"

"역시 창룡입니까?"

"맞다, 창룡이다."

노인의 말대로 모두는 대충 짐작을 하고 있었다. 모인 곳이 호남 중부이고 무려 삼십 명이 소집되었다.

그런데 지금 창룡이 당당하게 자신의 동선을 밝히며 호남을 남하하고 있었다. 그들이 바보가 아닌 이상, 짐작 못 한다면 그게 더 이상할 일이었다.

하지만 짐작하고 있다고 해도 막상 그 짐작이 사실이라

면 또 다른 느낌을 줄 수밖에 없었다.

여유만만하던 모두의 표정이 굳어졌다. 긴장을 했다는 의미였다.

"창룡이라고 몸에 검이 들어가면 죽지 않는다더냐? 백야혈답지 않게 왜 긴장들을 하는 것이냐?"

노인의 말에 모두는 급히 표정을 풀었다.

"그자에게 구마종과 파천혈마가 죽었습니다. 저희들이라도 절대 쉬운 상대는 아니라고 판단됩니다."

"창룡을 죽이는 것이라면 삼십 명이 간다 해도 쉽지는 않겠지. 하지만 이번 목표는 창룡이 아니라 창룡을 호위하는 놈들을 제거하는 것이다."

"호위하는 놈들을 죽이는 거야 너무 간단한 일이 아니겠습니까? 그런 임무라면 제가 두세 명만 데리고 가도 가능할 것 같은데요?"

"쯧! 쯧! 너희도 총가에서 창룡 때문에 얼마나 애를 먹고 있는지 들었을 것 아니냐? 몇 명만 움직이면 창룡에게 즉시 들킨다. 이번 임무는 매우 은밀하고 조직적이어야 한다. 한 명이라도 실수하는 순간 창룡에게 공격을 받게 된다는 것을 명심해라."

"창룡이 구마종을 죽였다고는 하나 저희는 백야혈입니다. 가주님께서 저희 열 명이면 죽이지 못할 자가 없다고 하셨습니다. 그런데 지금 삼십 명이나 모였습니다. 아무리 창룡이라 해도 이 정도 전력이면 쉽게 당하지 않을 자신이 있습니다."

"창룡을 죽여도 된다면 싸워 볼 만하겠지. 하지만 가주님께서는 창룡을 죽여서는 안 될 뿐 아니라 상처도 입히지 말라고 하셨다. 우리 무공이 가장 뛰어난 모습을 보일 땐 살인할 때이다. 그런데 죽이지 못한다는 제약하에서 창룡과 싸운다면 이길 방법은 없다."

창룡을 죽이지도 상처고 입혀서는 안 된다는 말에 모두는 놀란 눈으로 노인을 쳐다보았다.

살수에게 상대를 죽이지 말고 상처만 입히라는 제약이 걸리면 임무는 배 이상 어려워진다.

그런데 상처도 입혀서는 안 된다면 그것은 죽으라는 말이나 다를 것이 없었다. 게다가 상대는 천하에서 제일 강하다는 창룡이었다.

"절대 창룡에게 걸리지 않고 수하들을 죽여야겠군요?"

엽숙은 곤혹스러운 표정으로 반문했다.

창룡 호위라면 당연히 지근거리에 있을 것이 분명했다. 그런데 걸리지 않고 수하를 죽인다는 것은 아무리 대무신가가 특별히 양성한 백야혈이라해도 매우 어려운 임무였다.

"그래서 살행을 하는 조와 혼란을 야기하는 조 그리고 창룡의 이목을 끄는 조 세 개로 나뉘어 일을 진행할 것이다."

"언제 시작할 예정입니까?"

"창룡은 지금 제갈세가 방향으로 움직이고 있다. 그동안의 행적으로 미루어 제갈세가를 방문할 것이 분명하다. 제갈세가에서 나오면 또다시 다음 행선지에 대해 공지를 할 것이니 그것을 듣고 함정을 판다."

노인은 이미 계획이 다 세워져 있는 듯 막힘없이 술술 말했다. 하지만 그의 표정 역시 밝지는 않았다.

다른 수하들과는 달리 창룡에 대해 자세히 알고 있는 그는 이번 임무가 얼마나 위험한 지 알고 있었기 때문이었다.

하지만 죽는 한이 있더라도 창룡을 건드리지 말라는 사공무경의 지시를 어길 수는 없었다.

사공무경은 그들에게는 신이기 때문이었다.

* * *

진무성은 자신의 동선을 공지하기는 했지만 어디로 간다는 말은 하지 않았다.

공식적으로 상단의 일을 보는 중이기에 모든 무림 문파는 가는 길에 인사차 들르는 방식을 취하고 있었기 때문이었다.

그렇게 하는 이유는 안휘와 하남 그리고 호북을 돌아서 간 것은 그곳이 태평상단의 주 상권이기 때문에 명분을 댈 수 있지만 들르지 못한 다른 문파들은 서운할 수도 있기 때문이었다.

진무성이 도착한 곳은 제갈세가였다.

운남으로 내려가는 길목에 있으니 당연히 모두는 진무성이 제갈세가에 들를 것을 예상하고 있었다.

제갈세가가 있는 상향은 진무성이 도착하기 하루 전부터 축제 분위기였다. 특히 양민들이 너무 좋아했다.

"장우야, 본 가가 이곳 상향에 자리 잡은 것이 거의 사백 년이다."

문밖에 나와 진무성을 기다리던 제갈세가의 가주 제갈장백은 제갈장우를 보며 쓴웃음을 지으며 말했다.

"정확하게 삼백구십이 년이 됩니다."

"본 가가 나름 상향의 안전을 위해 상당히 노력했다고 자부했는데 양민들에게 이런 환대는 받아 본 적이 없었다. 뭐가 문제라고 생각하느냐?"

"무림 정파로서 할 일은 했습니다. 바로 거기까지만 했다는 것이 문제가 아닐까 싶습니다."

"할 일만 한 것이 문제라는 거냐?"

"제가 천의문에 대해 거의 매일 보고를 받으며 그들의 활동을 분석했습니다. 놀랍게도 진 문주는 천의문의 모든 활동의 최우선이 양민들을 편하게 해 주는 것이더군요. 절강의 분타들은 어떤 민원도 다 받아주더군요. 무림 세력의 분타가 양민들에게 아주 편하고 안전한 장소로 인식이 되고 있다는 것이지요."

제갈장우의 말에 제갈장백은 뭔가 느끼는 것이 있는 듯 고개를 끄덕였다.

"한 마디로 본 가는 그냥 무림의 정파지만 천의문은 양민들 사이로 들어가 그들을 보듬어 주고 있다는 말이구나?"

"무림맹에서도 절강성에서 벌어지고 있는 현상을 자세히 분석을 하고 있지만 문제는 관입니다. 진 문주의 지금 행동은 무림일이 아니라 정치로 비추어질 수 있습니다. 황실로서는 천의문이 황제보다 더 양민들을 잘 보살핀다는 소문이 퍼지는 것이 반갑지는 않을 것입니다."

"진 문주가 그렇게까지 하는 이유가 뭐라고 생각하느냐?"

"무림맹 장로들 사이에서도 그 문제로 설왕설래가 많았습니다. 처음에는 어떤 의도를 이루기 위한 것이다. 분명 저의가 있다는 의견이 주를 이루었지만 지금은 많이 달라졌습니다."

"어떻게 달라졌느냐?"

"진 문주가 진짜로 양민들을 위해 일하고 있는 것 같다고 생각하는 분들이 많아졌다는 것이지요."

"당연히 그렇겠지. 우리가 천의문처럼 할 수 없는 이유가 이익은 없고 비용만 들기 때문이 아니겠느냐?"

"천의문에서 상인들에게 받는 상납금조차 대폭 줄여주고 대신 그 돈을 양민들에게 더 일을 시키고 돈도 올려 주라고 했답니다. 그 바람에 다른 정파들이 좀 곤혹스러워하고 있을 정도이지요."

"본 가도 천의문과 멀리 떨어져 있어서 다행이지 가까이 있었다면 곤란했을 게다."

제갈장백은 남궁세가의 가주인 남궁백원이 어떤 마음일지를 생각하며 빙그레 미소를 지었다.

그는 남궁백원과 젊을 적부터 친하게 지냈다. 하지만 어디를 가나 제갈세가보다 더 대우를 받는 남궁세가에 대해 질투까지는 하지 않았지만 경쟁 의식을 느낄 수밖에 없었다.

"형님."

"응?"

"진 문주께서 운남으로 가는 이유가 뭐라고 생각하십

니까?"

"글쎄다. 천하에서 머리가 가장 좋다는 네가 모르는 것을 내가 어찌 알겠느냐? 다만 그동안 껄끄러운 관계였던 점창파에는 들르지 않겠느냐?"

이미 진무성은 점창파로 장문인을 직접 만나러 가겠다는 말로 점창일검 우병찬의 입을 그대로 다물게 한 적이 있었다.

그리고 그 사건으로 인해 점창파에서 진무성과 척을 지는 행동에 대해 갑론을박이 벌어졌고 결론이 어떻게 났는지는 알려지지 않았지만 우병찬을 보좌하던 도율성이 점창파로 소환이 됐고 진무성에 대한 비난이나 반대가 사라졌었다.

"공언하신 것이 있으니 점창파는 분명 들르실겁니다. 하지만 공식적으로 상단의 일이라고 했습니다."

"대리석 구입 문제라고 하던데 다른 것이 또 있겠느냐?"

"대리석 때문에 진 문주께서 직접 운남까지 갈 일은 없습니다."

"넌 중요한 다른 무엇이 있다고 생각하는구나?"

"오늘 오시면 분명 그것이 무엇인지 형님께 말하실 것입니다. 그 자리에……."

"몇 번을 말하는 것이냐? 걱정 마라 안 잊고 있다. 부탁은 하겠지만 거절하시면 나도 어쩔 방법은 없다."

제갈장우가 제갈세가에 온 것은 사실 진무성을 만나기 위해서였다. 그 역시 진무성이 각 파의 장문인들을 만나 무슨 대화를 나누었는지를 알아야 했기 때문이었다.

하지만 진무성은 오로지 각 파의 수장들과만 독대를 했고 누구의 참석도 허락하지 않았다.

제갈장우는 제갈장백에게 진무성과 만날 때 자신도 같이 있을 수 있도록 부탁을 해 달라고 한 것이었다. 친 형제간이기에 가능하지 다른 문파에는 입밖으로 낼 수도 없는 부탁이었다.

"가주님, 진 문주님께서 거의 다 오셨습니다."

상향의 입구까지 나갔던 경비대장 제갈태기가 급히 달려 오더니 보고를 했다.

"알았다. 모두는 인사만 하고 다른 말은 하지 말거라."

제갈장백은 뒤에 도열하고 있는 간부들에게 다시 한번 주의를 주고는 자세를 고쳐잡았다.

예전 진무성을 처음 만났을 때와 모습과는 확연히 달랐다. 그만큼 진무성의 위상이 달라졌기 때문이었다.

"가주님, 정말 오랜 만입니다."

정문에 도착하기도 전에 마차에서 내린 진무성은 제갈장백의 앞으로 다가오더니 공손히 인사를 했다. 달라진 위상과는 달리 오히려 더 겸손해진 모습에 제갈장백의 얼굴이 환해졌다.

"하하하! 진 문주께서도 예전보다 헌칠해 지셨습니다."

제갈장백도 맞권을 하며 반갑게 맞았다.

"진 문주께 인사드립니다."

진무성이 쳐다보자 제갈장우는 기다렸다는 듯이 포권을 했다.

"무림맹의 군사님께서 여기까지 어쩐 일이십니까?"

"본 가에 일이 좀 있어 들렀는데 진 문주께서 오신다는 말을 듣고 같이 대화나 해 보고 싶어 기다렸습니다."

"저와 대화를 말씀이신가요?"

진무성은 제갈장우가 온 이유를 직감하고 슬쩍 떠봤다.

제갈장백이 급히 끼어들었다.

"장우가 진 문주와 제가 대화를 나눌 때 합석하기를 원하는 것 같습니다."

진무성은 제갈장백의 말을 단번에 거절할 수는 없었다. 그와 가장 먼저 혈맹을 맺은 곳은 형산파였지만 실질적으로 도움이 되었던 곳은 제갈세가였다.

무림맹에서 맹주단이 그에게 호의적으로 대해 준 것도 군사인 제갈장우가 호의적인 조언을 해 준 덕이라는 것도 그는 잘 알고 있었다.

"어차피 무림맹에서도 곧 아시게 될텐데 굳이 여기까지 오신 이유를 모르겠습니다?"

"명색이 군사가 되어 가지고 아는 것이 전혀 없으니 체면이 말이 아닙니다. 자꾸 여러 장로님들께서 진 문주께서 무슨 의도인지를 묻는데 제가 의도 없다고 말해도 의도가 없다고 어떻게 확신을 하냐고 물으면 할 말이 없지 뭡니까?"

"가주님과의 대화는 극비를 요하는 일인데 제갈 대협께서는 무림맹에 몸을 담고 계시고 거기다 군사이신데 비밀 유지가 가능하겠습니까?"

진무성의 말대로 제갈장우보다 윗사람이 수두룩한 무림맹에서 비밀을 엄수하는 것은 사실 불가능에 가까웠다.

"다른 분들께 비밀을 유지하기 위해서는 맹주님의 비호가 필요합니다. 그래서 맹주님께만은 말씀을 드려야 할지도 모르겠습니다. 설마 맹주님까지도 알아서는 안 될 비밀입니까?"

"글…… 쎄요? 그 정도로 일인지는 좀 생각을 해 봐야 할 것 같습니다."

"자, 우선 들어가서 얘기하시지요."

제갈장백이 진무성을 계속 정문 앞에 세워 둘 수는 없다는 생각에 우선 안으로 들기를 권했다.

"제가 제 생각만 하느라 큰 결례를 저지른 것 같습니다. 긴 여행으로 모두 피곤하실 텐데 제가 잡아서 죄송합니다. 우선 안으로 드시지요."

제갈장우가 자신이 실수를 했다고 판단하고는 급히 머리를 숙이자 진무성은 미소를 지으며 말했다.

"제갈 대협께서 제게 주신 도움이 얼마나 많은데 이 정도를 가지고 사과를 하십니까? 그러지 마십시오."

"그렇게 말씀해 주시니 감사할 따름입니다."

"가주님, 천의문 문도들이 편히 쉴 수 있도록 해 주실 수 있겠습니까?"

"당연한 말씀을!"

제갈장백은 총관을 보며 말했다.

"모두 모시고 가서 편히 쉬도록 목욕물도 준비하고 음식도 준비해라."

* * *

[모두 몇 명이나 되더냐?]

[모두 이십 명입니다. 그리고 마차 안에도 한 명이 더 있는 것 같습니다.]

엽숙의 전음에 제갈세가 근처에서 판을 펼치고 점을 치

고 있던 하장손이 답했다.

[무공 수준은 어느 정도인 것 같더냐?]

[세 명은 초절정 고수로 추정되지만 나머지는 저희가 정면으로 부딪쳐도 제거할 수 있을 정도로 보입니다. 의아한 것은 창룡은 최근접에서 호위하는 자가 세 명이 있는데 고작 일류급을 상회할 정도로 많이 낮습니다.]

[그래? 무공이 약한데 가까이 둔다는 것은 무공이 아니라 신임이라는 말이다. 그놈들을 죽이면 창룡에게 충격이 되겠군.]

[그런데 창룡의 무공에 대한 소문이 너무 부풀려진 것 같다는 의견이 주를 이룹니다. 제가 보기에도 그 정도로 대단한 무공을 지니고 있는 것 같지는 않았습니다.]

백야혈의 살수들은 상대의 무공 수준을 보기만 해도 거의 정확하게 맞출 수 있는 심안을 가지고 있었다. 그래서 그들은 상대의 무공에 맞춘 맞춤형 살행을 했고 그것은 지금까지 실패한 적이 없었다.

[우리의 눈에까지 무공 수준이 높아 보이지 않는다는 것은 그만큼 대단한 무공을 지니고 있다는 방증으로 봐야 한다. 그렇지 않았다면 저자는 이미 이 세상 사람이 아니었을 테니까. 너희는 절대 무공을 드러내지 말고 창룡에게 들키지 마라. 너희들은 호의 무사들의 얼굴과 기

만 확실히 기억해 두면 된다.]

[알겠습니다.]

전음을 끝낸 엽숙은 앞에 앉은 병약해 보이는 노인을 보며 말했다.

"영주님, 지금까지는 아무 변수 없이 일이 잘 진행이 되는 것 같습니다."

"방심하면 안된다. 그자에게 죽은 분들의 면면을 보면 우리는 절대로 일대 일로는 상대를 할 수 없는 자다. 어차피 이번 목표는 그가 아니니 절대로 그자에게 들키지 않는 것이 중요하다."

"창룡은 호위 무사들이 어떻게 죽었는지도 모를 것입니다."

엽숙은 자신만만한 표정으로 답했다.

진무성이라면 몰라도 지금 그의 호위를 서는 자들 정도의 무공을 지닌 자들은 수도 없이 죽여 봤기 때문이었다.

그의 눈은 진무성 일행이 사라진 제갈세가의 정문에서 떠나지를 않았다.

* * *

빈청에 모인 진무성과 설화영 그리고 제갈세가의 간부

들은 앞에 놓인 다과들을 먹으며 즐겁게 환담을 나누었다.

특히 진무성과 가장 먼저 안면을 트고 그의 진가를 알아보았던 제갈장청이 가장 신이 났다.

진무성이 그 덕분에 제갈세가와 친해질 수있었다며 모두의 앞에서 직접적으로 감사를 표했기 때문이었다. 진무성과의 관계는 현 무림 무든 문파에 가장 중요한 사안이 되어 있었으니 이번 공으로 그가 다음대 수석 장로가 되는 것은 기정 사실이 되었다고 보아도 과언이 아니었다.

"그런데 혈사련의 잔당들이 준동을 한다는 말이 있던데 별문제는 없으십니까?"

진무성의 질문에 제갈장백은 걱정 말라는 표정으로 답했다.

"말 그대로 잔당들이 아니겠습니까? 본 가와 형산파가 서로 협조 체제를 구축하고 하나하나 소탕을 해 내고 있습니다. 금년이 다 가기 전에 본가가 맡은 지역은 완전하게 평정이 될 것입니다."

진무성 덕에 혈사련의 세력 거의 반 이상을 새로이 자신의 세력권으로 편입이 된 후 제갈세가의 재정은 예전과는 비교가 안 될 정도로 풍족해졌다.

게다가 세가의 안전을 위협하던 혈사련까지 사라졌으니 세가의 안녕과 풍족함을 책임진 가주에게는 최고의 성과가 아닐 수 없었다.
　"점창파와는 괜찮으십니까?"
　"진 문주께서도 아시다시피 처음에 혈사련 세력권 배분문제로 좀 시끄러웠던 것만 빼면 큰 문제는 없었습니다. 솔직히 점창파 역시 혈사련이 없어지면서 운남 지역에 대한 완전한 지배력을 갖게 되면서 큰 이익을 보지 않았겠습니까?"
　"다행입니다. 같은 정파끼리 자꾸 분란이 생기면 누가 좋아하겠습니까?"
　"얘기가 나와서 말인데, 지금 군산이 아주 시끄럽다더군요. 진 문주께서도 무림맹 경비대가 전멸한 사건에 대해서 들으셨겠지요?"
　"예. 대무신가의 총가가 무림맹 총단이 있는 동호에서 지척거리에 있을 줄을 누가 상상이나 했겠습니까?"
　"대무신가의 총가가 확실한 것입니까?"
　듣고 있던 제갈장우가 슬쩍 끼어들었다.
　사실 그 지역의 포위는 단목환의 강력한 주장 때문에 이루어졌지만 반신반의하는 의견이 많았다.
　하지만 경비대의 전멸로 그런 분위기는 사라졌고 포위

망도 더욱 강력하게 짜여졌지만 대무신가의 총가가 있다는 것은 아직까지는 확실하지는 않았었다.

그런데 진무성이 확신한다는 듯 대무신가의 총가를 언급했으니 그로서는 진무성의 생각을 알아낼 수 있는 절호의 기회이기도 했다.

"제가 알아본 바에 의하면 확실합니다."

"그럼 대무신가의 척결을 공언하신 진 문주님께서는 아무런 행동도 취하지 않으시는 이유가 있으십니까?"

무림맹 맹주단에서도 진무성이 아무런 움직임을 보이지 않는 것 때문에 설왕설래가 좀 있었다. 단목환에게도 물어보았지만 그 역시 명쾌한 답을 주지 못했었다.

"피해를 줄이기 위해서입니다."

"피해요?"

"대무신가의 일개 하부 조직으로 보이는 자들에게 오천 명에 달하는 무림인들이 죽었습니다. 하물며 그곳은 총가입니다. 더욱 강할 것은 자명합니다. 그런 곳을 공격한다는 것은 이긴다해도 이긴 것이 아닐 것입니다. 그래서 전 피해를 최소화할 방법을 연구 중입니다."

진무성의 말에 모두의 얼굴에 감탄의 표정이 떠올랐다.

창룡하면 무조건 쳐들어가 모두 도륙하는 행동 때문에 사파에서는 정파의 도살자라고 부를 정도였다. 그런 그가 사실은 이토록 면밀한 판단을 하고 있을 줄은 몰랐던 것이었다.

"정파 최고의 책략가라는 이름은 제가 아니라 진 문주님께서 받아야 할 것 같습니다."

"제갈 대협께서도 이미 그 문제로 많은 고민을 하셨을 것을 압니다. 누가 뭐래도 정파의 모든 현안은 제갈 대협만큼 확실하게 처리할 수 있는 분이 어디 있겠습니까?"

겸손한 진무성의 태도에 모두의 얼굴에는 안심과 신뢰의 표정이 동시에 떠올랐다.

지위가 올라가고 명성이 높아지면 저절로 따라오는 것이 권력이고 권위였다. 그리고 그 결과 초심을 잃고 사람이 달라지는 경우는 비일비재했다.

황제들이 황제가 올라가지 전에는 자신의 목숨처럼 아끼던 의동생과 심복들을 황제가 되면 모조리 처단하는 것도 바로 자신의 권력과 권위를 지키기 위해서였다.

하지만 진무성은 처음 보았을 때와 조금도 달라지지 않았다. 아니 처음에는 오히려 강압적인 면도 보였지만 지금은 그것조차 사라진 아주 부드러운 모습을 보이고 있었다.

진무성은 자신도 모르는 사이에 영웅의 면모를 갖춰가고 있었던 것이다.

"가주님, 그런데 제가 가주님께 긴히 드릴 말씀이 있는데 독대가 가능하겠습니까?"

진무성의 말에 드디어 올 것이 왔다는 것을 직감한 제갈장백은 모두를 보며 말했다.

"모두 나가 있어라."

"예!"

이미 이런 상황을 예견한 듯 간부들은 일사불란하게 밖으로 나갔다.

남은 사람은 진무성과 설화영 제갈장백 그리고 제갈장우뿐이었다.

제갈장백은 약간 곤혹스러운 표정으로 제갈장우를 보더니 다시 진무성을 보았다.

제갈장우는 아주 예의가 바른 사람이었다. 누구도 곤란하게 하는 것을 싫어했고 빠질 자리는 자신이 알아서 빠져 주는 그런 눈치도 있었다.

그런 그가 미렇게 미친 척 버틴다는 것은 진무성의 이번 외유의 진짜 이유를 반드시 알아내고 말겠다는 의지의 표현이었다.

"제갈 대협께서 아까 물으셨지요? 맹주님에게만은 말할 수 있겠냐고요?"

"맹주님께서 허락해 주시면 다른 분들이 어떤 강압을

하더라도 비밀을 엄수할 수 있습니다."

"맹주님께서 비밀을 안 지키실 수도 있지 않겠습니까?"

"맹주님께서 한 번 약속을 하시면 반드시 지키십니다."

"제 말은 맹주님께서 얘기를 듣고 나서 약속을 안 해 주시면 어쩌냐는 것입니다."

"제가 반드시 약속을 받아 낼 수 있습니다."

"좋습니다. 제갈 대협께서 그렇게 말씀하시니 합석하시지요."

드디어 허락이 떨어지자 제갈장우는 환한 미소를 지으며 포권을 했다.

"감사합니다. 진 문주님의 이번 배려에 대해 잊지 않겠습니다."

"그럼 가주님께 드릴 부탁에 대해 말씀드려야겠군요."

드디어 무슨 말이 나올까……

제갈장백과 제갈장우는 긴장한 표정으로 진무성을 주시했다.

* * *

"가주님, 백야혈을 발동시켰습니다. 그런데 진무성에게 경고를 하려면 소모품들을 사용해도 될 텐데 굳이 본

가의 비밀 무기인 백야혈까지 발동을 시키시는 이유를 모르겠습니다."

사공무일의 질문에 사공무경은 미소를 그리며 말했다.

"무일아, 상대가 적이건 아군이건 격에 맞는 대우를 해줘야 한다. 그래서 전쟁터에서 군사들은 가차 없이 죽이고 간부들은 고문을 해서 정보를 캐내지만 장군은 영예롭게 죽을 수 있는 기회를 주는 것이다. 진무성은 내가 살아오는 동안 처음으로 인정한 놈이다. 그런데 소모품 따위를 보낸다면 그거야말로 너무 예의가 없는 일이 아니겠느냐? 백야혈 정도는 보내 주는 것이 맞다."

말하는 사공무경의 얼굴에는 어떤 결과가 나타날지를 매우 기대하는 잔혹한 표정이 그려졌다.

11장

 진무성의 말을 듣던 제갈장백과 제갈장우의 얼굴에는 놀람과 걱정 그리고 두려움까지 복잡 미묘함이 고스란히 나타나고 있었다.
 "진 문주님께서 지금 하신 말씀을 지금까지 만나신 분들은 모두 동의를 하셨습니까?"
 "다행히 모두 동의를 해 주셨습니다."
 "진 문주님, 지금 말씀하신 계획을 무림맹주님께 먼저 의논하실 수도 있지 않았습니까?"
 "만약 제가 맹주님께 지금 계획을 의논했다면 어떻게 됐을까요? 맹주님께서 매우 곤혹스러워지셨겠지요?"
 "그렇다해도 이런 중차대한 계획은 알고 계셔야 맹주

님께서도 마음의 준비를 하셔야 하지 않겠습니까?"

"만약 그렇게 된다면 잘못되었을 경우, 모든 책임은 맹주님께서 지셔야 합니다. 제가 기획하고 실행에 옮긴 사람은 전데 왜 맹주님께 책임을 전가한단 말입니까? 저는 이번 계획이 성공하건 실패하건 모든 책임은 제가 질 생각입니다. 그래서 맹주님께 말씀드릴 수 없었습니다."

"결국 맹주님께 말씀드려야 할 사안입니다."

"최대한 많은 문파의 동의를 얻고 그분들께서 지지를 해 주신 다음에 맹주님께서 아신다면 책임에서 자유로워지시지 않겠습니까? 그리고 무림의 곳곳에는 대무신가의 간세들이 여전히 암약하고 있습니다. 특히 무림맹에 가장 많이 있다고 전 생각합니다. 그래서 당장 말씀드리기가 더욱 어려웠습니다."

"설마 본 가에도 간세가 있을 것을 염려해서 이렇게 독대를 하시는 겁니까?"

듣고 있던 제갈장백이 진무성이 왜 각 문파의 수장들과 독대를 하고 모든 것을 철저하게 비밀로 하는지를 짐작한 듯 조심스럽게 물었다.

"전 당연히 제갈세가에도 간세가 있다고 생각합니다. 물론 없을 수도 있습니다. 하지만 요행을 바라고 진행을 시키기에는 너무 위험 부담이 크다고 판단했습니다. 먼저 만난 어르신들께도 제가 말씀드렸습니다만 가주님께도 똑같이 말씀드리겠습니다. 한순간의 방심으로 수천 명의 정파인들이 떼죽음을 당할 수도 있습니다. 거기에는 제갈세가의 가족들도 끼어 있겠지요. 그래서 전 가주님께서 제 계획을 비밀로 해 주셔야 한다고 생각합니다."

"진 문주의 생각은 알겠습니다. 그리고 말씀대로 비밀은 지키겠지만 무림 문파와 세가는 좀 다릅니다. 밖에서 제자를 들이는 문파는 간세가 유입될 가능성이 없다고 할 수 없겠지만 세가는 대부분 짧게는 십 년 길게는 수십 년간 동고동락을 한 혈연으로 이어진 가족들입니다. 간세가 들어올 여지는 전혀 없다는 말이지요."

"저도 압니다. 하지만 적은 저희들의 예상을 뛰어넘는 방법으로 간세를 집어넣었을 것입니다."

진무성은 당장이라도 간세를 색출해 주겠다고 말하고 싶었지만 그것은 제갈세가를 대놓고 모욕하는 말이나 마찬가지이기 때문에 말할 수는 없었다.

"그럼 계획은 언제 실행하실 예정이십니까?"

이미 무림맹에서 많은 간세들을 색출한 경험이 있는 제갈장우는 제갈세가의 간세 얘기를 계속하는 것이 부담스러운 듯 다시 원 주제로 화제를 돌렸다.

"계획은 이미 시작됐습니다. 다만 대무신가에서 어떻

게 나오는지에 따라 시기의 조정만이 남았다고 할 수 있겠지요."

"그럼 지금 운남으로 가시는 것도 계획의 일환입니까?"

"대무신가로 흘러들어가는 자금을 추적한 결과 안남에서 광서 그리고 광동으로 이어지는 밀수상과 운남에서 귀주 그리고 호남으로 이어지는 마약상들에게서 흘러나온다는 것을 알게 되었습니다."

"마약은 홍항을 통해 들어오는 것이 아니었습니까?"

"홍항으로 들어오는 것은 정제된 마약으로 그 양도 상당하지만 운남에서 들어오는 앵속의 양과는 비교도 안 됩니다."

대량으로 들여온 앵속들은 이미 진무성에게 멸문한 삼 지가로 옮겨진 후 그곳에서 상품화되어 사방으로 퍼져 나갔다.

대무신가는 앵속들이 운남에서 들어오는 것을 속이기 위해 마약의 대부분이 안남과 광서를 통하거나 홍항을 들어오는 외국선에서 반입이 되는 것처럼 꾸몄었다.

만약에 문제가 생긴다 해도 광동쪽으로 이목이 집중되게 하고 운남의 마약길은 안전하게 하기 위한 조치였다.

그러나 삼 지가에서 발견한 비밀 문서로 인해 진무성이 모든 것을 알게 된 것이다.

진무성이 이번 외유를 상단의 일이라고 공지하고 동선까지 알려 주는 이유는 여러 가지가 있었지만 가장 주된 이유는 진무성이 그들의 주 자금원인 운남의 앵속 밭을 완전히 초토화시키기 위해 간다는 것을 숨기기 위함이었다.

 삼 지가에서 발견한 문서와 지도에 따르면 앵속 밭의 크기는 상상을 초월할 정도로 넓었고 그곳을 지키는 자들 역시 수백 명을 상회했다.

 문제는 앵속 밭에 생계가 걸려 있는 운남의 양민들이었다. 그들은 자신들과 가족의 생계 때문에 앵속 밭을 일구는 데 전념했다. 그런데 그 수가 수천 명에 달했다.

 예전에 설화영이 염려했던 것은 그 수천명에 달하는 양민들이었다. 앵속 밭이 완전히 망가지면 그들은 생계 수단을 잃게 된다.

 결국 그들은 먹고 살기 위해 또다시 앵속을 재배할 것이 분명했다. 그렇다면 그들을 어떻게 해야 한단 말인가……

 설화영의 고심을 아는지 모르는지 대화는 계속 이어졌다.

 "운남에도 무림맹 분타가 있습니다. 저번 보고에 따르면 마약상들에 대한 정보도 많이 비축해 두었다고 하던데 그들의 도움을 좀 받으시는 것은 어떻겠습니까? 아마 꽤 도움이 될 것입니다."

"제갈 대협의 말씀만으로도 감사합니다. 하지만 이번 외유는 단순히 마약상들을 잡는 것이 목적이 아닙니다."

제갈장우는 진무성에게 자신이 모르는 또 다른 복안이 있다는 것을 짐작하고는 다시 물었다.

"그럼 무림맹에는 언제 오실 생각이십니까?"

"아마 계획 실행 직전에 들르게 될 것입니다. 그래야 저들의 허를 찌를 수 있을 테니까요."

진무성이 무림맹에 들른다면 대무신가에서 아는 것은 거의 즉시라고 할 수 있었다.

그렇다면 분명 공격의 징후로 보고 방어에 만전의 태세를 갖출 것이 분명했다. 그리고 그것은 시간이 느려질 수록 더욱 단단하게 구축이 될 것이었다.

진무성은 그래서 자신이 무림맹에 들르는 그 순간 최후의 공격도 함께 실행되도록 할 생각이었다.

물론 피해를 줄이기 위한 모든 계획을 다 끝낸 다음의 일이었다.

그렇게 대화는 무려 두 시진에 걸쳐서 진행이 되었고 모두가 밖으로 나온 시간은 이미 사위가 어두워진 자시였다.

* * *

"제갈 대협께서 이곳까지 달려오실 줄은 몰랐네요?"

빈청의 침실에 들어선 설화영은 차를 진무성의 앞에 놓으며 말했다.

"어떤 방법을 쓰던 네게 연락을 취할 것으로 생각은 했지만 직접 올 줄은 나도 생각 못했어."

"그만큼 상공의 도움이 절실하다는 의미겠지요."

"장문인과 가주님들을 만났는데 비밀로 하니까 궁금해서 왔겠지?"

"전 제갈 대협의 얼굴을 보고 그건 표면적인 이유라고 느꼈습니다. 지금 그분은 매우 불안해 보이셨어요. 다른 사람들은 무림맹 경비대가 전멸한 것을 무림맹에 대한 도발 정도로 생각하지만 제갈 대협은 다르게 보시는 것 같습니다."

"천하에서 가장 현명하다는 말을 듣는 분이야. 아마 지금 무림맹이 매우 위태롭다는 것을 제일 먼저 감지하고 계실 거야."

대무신가의 총가와 무림맹 총단이 있는 무황도는 배로 반 시진 안에 도착할 수 있는 거리였다.

한마디로 공격하겠다고 마음만 먹으면 언제든지 가능

한 거리라는 말이었다. 그런데 대무신가는 무림맹 총단에 대해 아주 자세하게 알고 있을 것이 자명했다.

간세나 첩자를 떠나 수많은 무림인들과 양민들이 자유롭게 출입이 가능했기 때문에 무황도의 어느 지역에 얼마만큼의 경비가 있는지까지도 공공연한 비밀이었다.

하지만 대무신가의 근거지는 여전히 오리무중이었다. 분명 가까이 있는데도 어디인지를 모르는 상황.

적은 나를 세세하게 알고 나는 적에 대해 모르는데 언제든지 공격을 할 수 있는 거리에 있다면 세세하게 알려진 쪽이 불리할 것은 당연지사였다.

그리고 뭔가 이상하다는 것을 가장 빨리 눈치챈 사람이 바로 제갈장우였다.

많은 고수들이 상주하지만 너무나도 허술한 무림맹.

그동안 드러난 대무신가의 전력으로 미루어 그들이 무림맹을 없애려고 마음을 먹었다면 언제라도 멸문을 시킬 수 있었다는 것을 자각한 것이었다.

그후, 제갈장우는 잠을 들지 못할 정도로 불안에 시달렸다.

그들의 공격에 죽거나 하는 것이 무서워서가 아니었다.

천하제일의 책사라고 불리던 그가 대무신가의 행태를 전혀 이해할 수조차 없다는 사실이 불안의 요소였다.

여러 가지 이유를 대입시키고 상황을 그려 보았지만 아무것도 그들의 행태를 명쾌하게 밝혀지지 않았다.

무림맹을 없애면 무림의 절반은 그들의 수중으로 떨어질 것이었다. 또한 무림맹을 없앨 정도의 전력을 지닌 사파의 등장으로 연맹체인 혈사련은 금방 붕괴할 것이었다.

그럼 무림의 삼분지 이가 그들의 수중에 떨어진다. 고립된 천존마성이 힘겹게 버텨 보겠지만 혈사련까지 흡수한 대무신가의 상대가 될 수는 없을 터……

제갈장우는 자신이 대무신가의 군사였다면 그리고 목적이 무림 장악이라면 일 년 안에 목적을 이룰 수 있다고 자신할 수 있었다.

그러나 그들은 그러지 않았다. 심지어 무림 대부분의 문파에 간세까지 심어 두는 치밀함을 보이면서까지 말이다.

제갈장우는 이 문제에 대한 의문을 풀지 못한다면 무림의 필패일 수밖에 없다는 결론을 내렸고 그 해답을 진무성에게서 찾은 것이었다.

"그런데 그것에 대해서는 아무 말도 하지 않으셨잖아요?"

"아무 말도 하지 않으신 것이 아니라 못하신 것일 거야. 옆에 가주님께서 계셨잖아. 내 짐작이 맞다면 내일 우리가 제갈세가를 떠날 때 자신도 운남에 갈 일이 있다며 동행을 하자고 하실 수도 있어."

진무성은 제갈장우가 운남의 무림맹 분타에 마약상들에 대한 정보가 많이 있다는 말을 할 때부터 어쩌면 따라오려고 할지도 모르겠다는 생각을 했었다.

"지금 무림맹에도 제갈 대협이 매우 필요하실 텐데 그 먼 거리를 가시려고 하시겠어요?"

"그분 정도면 뭔가 대비를 다 해 놓으셨을걸? 동행은 어차피 핑계이니까 내게 알고 싶은 것을 다 알면 또 다른 이유를 대고 돌아가실 수도 있고."

"호호~ 상공의 생각하시는 것이 이제 천하의 어떤 책사도 따르지 못할 것 같아요."

"이상하게 이럴 것이다 하는 생각이 그냥 머리에 떠올라. 그래서 이제 진짜 나인지 마노야인지 모르겠어."

"어떤 생각 어떤 행동을 하신다 해도 상공은 상공일 뿐입니다. 제가 보기에 상공께서는 정말 신기할 정도로 마노야의 필요한 점만 자신의 것을 만드신 것 같아요."

"나쁜 것도 받아들였을 수 있어. 이따금은 계획의 끝이 모조리 죽이자로 나타날 때도 있거든."

"그것이 문제라는 것을 상공 스스로 아신다는 것이 바로 상공께서 마노야가 아니라는 증거입니다."

"후후~ 하여간에 영 매는 나의 불안이나 걱정을 한번

에 해소해 주는 천하의 명의인 것 같아."

"제가 상공의 마음을 조금이라도 편안하게 해 줄 수 있다면 저로서는 감지덕지 할 뿐입니다."

"이리 와 봐."

진무성은 설화영이 너무 예쁜지 결국 그녀의 손을 잡아 끌었다. 설화영도 기다렸다는 듯이 그의 품에 안겼다.

"사공무경만 제거하면 우리 둘이서 이렇게 알콩달콩 행복하게 살자."

귓가를 간지럽히는 진무성의 속삭임을 듣는 설화영의 얼굴에는 행복이 가득했다. 물론 그것이 생각대로 되기는 어렵다는 것도 그녀는 알고 있었다.

그녀의 눈빛이 다양한 감정을 담고 있었다.

* * *

[상황이 조금 바뀌었습니다.]

여러 종이를 펴 놓고 각기 다른 그림을 그리고 있던 노인은 엽숙의 전음을 받자 검미를 찌푸리면 말했다.

[안으로 들어와라.]

안으로 들어선 엽숙은 노인의 앞에 놓인 여러 그림들을 보고는 정중히 인사를 하며 말했다.

[계획은 잘되십니까?]

[운남으로 가는 길목 중 기습하기에 좋은 몇 곳을 골라 예상도를 그리고 있었다. 그런데 상황이 바뀌었다니 그게 무슨 말이냐?]

[창룡이 마차에서 나와 말을 타고 움직이고 있습니다.]

노인의 미간이 다시 좁혀졌다. 진무성이 마차에 타고 있는 상황을 상정해 만든 기습 계획들을 모두 수정해야 하기 때문이었다.

[갑자기 진용(陣容)을 바꾼 이유가 있느냐?]

노인은 진무성이 뭐가를 눈치챈 것은 아닌지 염려가 되는 목소리로 되물었다.

[제갈장우가 갑자기 동행을 하면서 말을 타게 된 것 같습니다.]

[제갈장우면 무림맹 군사 아니냐?]

[예, 맞습니다.]

[그놈이 왜 갑자기 나타나?]

[이유는 모르겠습니다. 하지만 그놈이 동행을 하면서 창룡이 계속 마차 안에만 있을 수 없어 밖으로 나온 것 같습니다.]

[아무리 명성이 하늘을 찌른다 해도 무림맹의 군사를 밖에서 따라오게 하고 자신만 마차를 타고 갈 수는 없었

겠지. 그 외 달라진 것은 없느냐?]

[움직이는 진용은 대동소이합니다. 마차는 중앙에 있고 그 주위를 두 명의 호위 무사가 최근접에서 호위하고 있습니다. 하지만 어제 말씀 드렸듯이 무공 수준이 낮아서 별 방해는 안 될 것 같습니다. 나머지 호위 이십 명은 앞쪽에 열 명, 뒤 쪽에 열 명이 맡고 있었습니다.]

엽숙이 말하는 배치도는 대부분의 사람들이 취하는 매우 평범한 진용이었다.

[다른 것은 변화가 없다는 말인데…… 네 생각에 창룡에게 걸리지 않고 제거할 수 있겠느냐?]

[창룡이 밖으로 나와서 호위들을 직접 보면서 움직이기 때문에 위험도는 배가할 것 같습니다.]

엽숙의 말에 노인은 곤혹스러운 표정으로 다시 생각에 잠겼다.

마차 안에서는 귀로 상황을 파악해야 하지만 마차 밖에서는 귀와 눈을 같이 사용할 수 있었다.

기를 통해 적을 감지하는 고수들에게 눈이나 귀가 무슨 큰 필요가 있을까 싶지만 매우 큰 상관이 있었다.

눈과 귀로 받아들이는 정보가 기를 더 활성화시킬 수 있기 때문이었다.

더욱이 진무성 같은 고수가 밖에 나와 있다면 수하 한

두 명만 죽이고 사라지는 것조차 매우 어려울 수 있었다.

[시간을 끌면 끌수록 걸릴 위험은 커진다. 창룡 그놈 정도의 무공 수준이면 같은 기를 가진 자가 계속 자신의 주위를 배회하는 것을 곧 눈치챌 수 있다.]

[이미 몇 명은 그와 눈이 마주쳤다고 합니다. 그래서 그 아이들은 후방으로 뺐습니다.]

[우리가 창룡을 본 것이 이제 겨우 이틀인데 벌써 몇 명이 걸렸다는 것이냐?]

[확실하지는 않지만 그럴 위험이 있어 선 조치를 한 것입니다.]

[그렇다면 더 시간을 끌 수는 없다. 우선 뒤에 놈들부터 처리한다.]

노인은 자신이 그린 그림 중 하나를 짚었다.

[이곳은 그들이 점심때쯤 도착할 오룡현이다. 창룡 일행은 분명 이곳 주루에 들를 것이다. 이곳의 주루는 모두 시전(市廛)의 중앙에 있다. 교통의 요지라 사람들이 아주 많은 곳이니 몇 놈 죽이는 데는 문제가 없을 게다. 한 놈이라도 더 죽일 생각하지 말고 목표만 제거하면 즉시 숨는다.]

[이미 여러 차례 주지시켰습니다. 절대 창룡의 공격을 받기 전에 피하라고 했습니다.]

[시작하라.]

명을 내리는 노인의 표정은 그리 밝지 않았다. 이미 완벽하게 세워 놓은 계획에 뜻하지 변수가 생겼다. 어떻게 보면 이번 기습에 큰 영향을 줄 수 없을 것 같지만 변수가 생겼다는 자체가 그의 마음을 무겁게 하고 있었다.

* * *

"진 문주님께서 저와의 동행을 허락해 주셔서 정말 감사합니다."

"군사님과 동행이라면 저로서는 언제든지 환영입니다. 얼마나 많은 것을 배울 수 있게 될지 벌써 기대가 큽니다."

"하하하! 배울 사람은 저일 것 같은데 그렇게 말씀하시니 부끄럽습니다."

"많이 불안하시지요?"

"예?"

기분 좋은 듯 파안대소를 터뜨렸던 제갈장우는 이어지는 질문에 얼굴이 급속도로 굳어졌다.

"배울 것은 배우더라도 군사님께서 원하시는 것이 있으신 것 같은데 그 답은 해 드려야 하지 않겠습니까?"

"사실, 대무신가에 대해 제가 할 수 있는 모든 것을 동원해 알아보았습니다. 도저히 이해가 되지 않더군요, 일개 무속인과 복술가를 키우던 무당의 가문이 어떻게 아무에게도 걸리지 않고 그런 엄청난 전력을 갖추게 되었는지? 그런 전력을 갖추고도 왜 그동안 아무 행동도 취하지 않았는지? 모든 것이 비상식적이었습니다. 그러자 대무신가가 마교의 후신이라는 진 문주님의 말씀이 사실이구나 하는 생각이 들었습니다."

"그동안 제가 대협께서 제 말을 믿지 않고 계셨을 줄은 몰랐습니다."

"진 문주님의 말씀을 믿지 않은 것이 아니라 확실한 증거가 나오기 전까지는 모든 것을 심사숙고하고 의구심을 갖는 것이 군사의 임무이니 어쩔 수 없었습니다."

"농담인데 진지하게 받아들이셨네요. 다 알고 있습니다. 그런데 제게 묻고 싶으신 것이 무엇이신지요?"

"대무신가가 마교의 후신이라면 누구의 후신일까요?"

"……누구의 후신이라면?"

뜻하지 않은 질문에 진무성은 그의 질문에 뭔가가 떠오른 것이다.

"그동안 마교의 후신으로 자처하는 많은 마교들이 무림에 출현했습니다. 그들 중 가짜도 있었지만 진짜 마교의 후신들도 있었습니다. 마교가 내분이 일어나며 마교를 떠난 자들이 세운 것들이었지요. 그중 마교의 이인자로 불리던 혈마의 후손이 세운 혈교가 마교 이후 가장 큰 혈겁을 일으켰었습니다."

"저도 그 얘기는 들었습니다. 그 외에도 구마종들의 후손들이 세운 여러 마교들이 있었지요?"

"예, 그러나 어떤 곳도 천 년마교의 전력을 갖춘 곳은 없었습니다. 그런데 대무신가는 그동안 보여 준 전력만 봐도 천년마교에 필적할 전력을 갖추었다는 것을 알겠더군요. 한 마디로 마음만 먹었다면 예전 천년마교의 난보다 더 빠르게 천하를 정복할 수 있었을 거라는 말입니다."

"제갈 대협께서 분석을 직접 하신 것입니까?"

"예, 제가 한 것입니다."

"다른 사람들 중에 말한 분들이 있으십니까?"

"맹주단의 어른들께 슬쩍 얘기를 비췄지만 모두 대수롭지 않게 여기시더군요. 제 분석을 믿지 않으시는 눈치였습니다."

"믿기 힘드셨겠지요. 어디로 보나 상식과는 많이 다른 행동이니까요."

"전 대무신가가 궁극적으로 노리는 것이 무림 정복이니 장악이니 하는 것이 아닐지도 모른다는 생각이 들었습니다."

"그럼 그들이 노리는 것이 무엇이라고 생각하십니까?"

"그것을 몰라서 제가 이렇게 달려온 것입니다. 문주님께서는 뭔가 아시는 것이 있으리라 생각이 들더군요."

"왜 제가 알 거라고 생각하십니까?"

"누구도 알지 못하고 모습도 드러낸 적이 없던 대무신가를 처음으로 세상에 알린 분이 문주님이시니까요. 게다가 마교의 후신이라는 것도 문주님의 주장이셨습니다."

"사실 제가 제갈 대협께는 말씀드릴 수 없는 모종의 이유로 대무신가의 실체에 대해 다른 분들보다 더 빨리 알았습니다. 하지만 다른 것은 제갈 대협께선 아는 것이상은 아닐 겁니다."

"지금 세우신 계획은 저조차도 감탄이 나올 정도로 아주 치밀하고 완벽하게 그들의 허를 찌를 수 있는 것이었습니다. 물론 문주님이 아니시라면 엄두도 내기 어려운 계획이지요. 대무신가에 대해 알지 못하는 상황에서 그런 계획을 짤 수 있다는 것은 불가능하다고 생각합니다."

제갈장우의 말에 진무성은 심각한 표정으로 잠시 생각에 잠겼다.

자신에게 벌어진 일들을 설명해 줄 수 있다면, 그리고 설명을 믿을 수 있는 사람이 있다면 다 말해 주고 싶었다.

하지만 천하제일의 지자라 불리는 제갈장우조차도 진

무성의 말도 안 되는 얘기를 믿어 줄 것 같지 않았다.

"다시 말씀드리지만 제게는 누구에게도 말할 수 없는 비밀이 있습니다. 그리고 그것은 제갈 대협도 예외는 아닙니다. 그러나 한 가지 분명한 것은 대무신가의 가주인 사공무경이라는 자가 마음만 먹으면 지금 당장이라도 무림맹은 물론 사방 천 리에 퍼져 있는 모든 무림인들을 죽일 수 있는 능력이 있다는 것입니다. 시간이 주어진다면 일 년도 채 안 되어 천하 전체를 자신의 발아래에 꿇릴 수도 있을 것입니다."

"사공무경이라는 자가 그렇게 대단한 자라면 지금 상황이 더욱 의아하지 않으십니까?"

지금 제갈장우가 품은 의혹은 진무성과 설화영도 고심하게 만든 것들이었다. 그리고 그 이유가 바로 자신 때문이라는 사실을 깨달은 것이 겨우 며칠 전이었다.

"제갈 대협."

"예."

"제가 지금 운남까지 가는 것도 그자와 대무신가의 전력이 상상을 초월한다는 것을 알기 때문입니다. 우선은 그냥 저를 믿고 이번 계획이 성공할 수 있도록 도와주십시오."

"당연히 도울 생각입니다. 다만 상황을 좀 더 정확하게 이해하고 싶을 뿐이지요."

"……저도 좀 더 자세히 알게 되면 제갈 대협께 가장 먼저 전해 드리겠습니다."

말을 마친 진무성의 머리는 지금 매우 복잡했다.

-대무신가가 마교의 후신이라면 누구의 후신일까요?

제갈장우는 그냥 지나가는 대화 속에 나온 의문을 말한 것이었지만 진무성은 그 말에 아주 중요한 해답이 들어 있을지도 모른다는 생각이 들었기 때문이었다.

'사공무경은 누구의 후손일까? 아니 후손인 것이 맞기는 한걸까? 만약 후손이 아니라면 본인일수도 있다는 생각이 들었다.

만약 본인이라면 누구……?

뭔가 잡힐 듯 잡힐 듯하면서도 확실하게 모습을 보이지 않자 진무성의 머리에 뭔가가 드디어 잡히려는 순간이었다.

그때.

'어떤 놈들이 감히!'

진무성은 누군가 자신의 일행을 노리는 진한 살기를 느끼고는 주위를 둘러보았다.

백야혈의 살수들은 살행을 할 때 절대 살기를 보이지 않았다. 살수가 암살을 획책하면서 살기를 보이지 않는다는 것은 대상자에게는 엄청난 공포라고 할 수 있었다.

아무것도 느끼지 못하는 상황에서 바로 옆을 지나던 사람이 갑자기 허리에 검을 쑤셔 넣는다면 방어를 어떻게 할 수 있겠는가……

그러나 자연경의 경지에 올라선 진무성은 더 이상 살기로 살수를 찾아내지 않았다.

살수가 누군가를 죽이려는 마음을 먹는 순간 그대로 그 느낌을 감지할 수 있기 때문이었다.

더구나 하필이면 진무성이 뭔가를 찾아내려는 아주 중요한 순간에 살행을 시도했기 때문에 정리되어 가던 머리가 다시 헝클어진 것이 더욱 그의 화를 북돋게 했다.

"왜 그러십니까?"

재갈장우는 진무성이 갑자기 한 팔을 공중으로 들어 올리자 깜짝 놀란 표정으로 물었다.

올린 팔의 손목을 살짝 돌리자 그의 손에서 무엇인가가 사방으로 날아갔다.

"아악!"

길을 걷던 한 여인의 비명 소리를 시작으로 연달아 사방에서 비명이 이어졌다.

뒤 쪽 호위들을 노리던 자들 중 무려 다섯 명이 진무성이 뿌린 동전에 의해 피를 흘리면 고꾸라졌으니 주위의 양민들의 비명 소리가 터져 나온 것은 당연한 것이었다.
 그리고 그런 그들의 죽음에 더욱 놀란 자들은 또 있었다.

12장

12장

거리는 아수라장으로 변해 버렸다.

사람들은 사방으로 도망을 치기 시작했고 순식간에 북적이던 거리는 다섯 구의 시신과 진무성 일행만이 남았다.

호위대장인 복마철장 태대형은 호위대와 함께 무기를 빼든 채 마차를 둘러쌌다.

호위 주체인 진무성이 나와 있음에도 마차를 먼저 보호하는 모습에서 호위대의 주임무는 진무성의 보호가 아닌 설화영임을 알 수 있었다.

호위대의 부대장을 맡은 등운객 반천수는 죽은 시신들을 살피기 시작했다.

"문주님, 살수들이 분명합니다. 품에서 무기와 암기들

이 발견되었습니다."

주위를 둘러보고 있던 진무성은 반천수의 보고에 입을 꾹 다물었다. 그는 이들이 노린 사람이 자신이 아닌 호위대라는 것을 알고 있었다.

'사공무경, 대단한 자라고 생각했는데 이따위 치졸한 방법을 사용할 줄은 몰랐군.'

진무성은 사공무경이 자신에게 그를 노리는 것이 아니라 그의 측근을 노리겠다는 답을 보냈다고 판단했다.

그에게 수상한 낌새를 들킨 자들은 최소한 열 명 이상이었다. 아직 그들을 노리는 자들이 남아 있다는 의미였다. 거기다 수하들을 노린다면 그가 막아 줄 수 있는 것도 한계가 있을 수밖에 없었다.

더구나 이번 살수들은 보통 살수들과는 완연한 차이를 보이고 있었다.

아마 그가 자연경의 경지를 넘어서는 기연을 얻지 못했다면 그들이 수하들을 죽이고 인파 속으로 숨어도 찾지 못했을 공산이 컸다.

"대무신가에서 보낸 살수들일까요?"

상황 파악을 끝낸 제갈장우가 물었다.

"그자들이 아니라면 누가 있어 백주 대낮에 이렇게 많은 양민들이 오가는 시전거리에서 이런 짓을 획책하겠습

니까?"

 "그런데 저들의 위치가 좀 이상하지 않습니까? 문주님을 노렸다면 저런 위치는 맞지가 않는 것 같아서요."

 병법의 대가답게 제갈장우는 살수들의 위치의 이상함을 발견해 냈다.

 "저들이 노린 것이 제가 아니라 제 호위들이니까요. 놈들이 저를 노리는 것이 쉽지 않다고 보고 방법을 바꾼 것 같습니다."

 "마교의 후신이라는 자들이 사파나 사용할 그런 비겁한 짓을 했다는 것입니까?"

 "상황이 그러네요. 저를 흔들려고 이러는 것 같은데 너무 치졸한 방법이라 당황스럽군요."

 "진 문주님께서 당황을 했다고 하시는 것을 보니 저들의 방법이 통한 것 같군요."

 "……역시 제갈 대협의 통찰력은 대단하시네요. 치졸하다고만 생각했는데 어쩌면 아주 적절한 방법을 찾은 것 인지도 모르겠습니다."

 "제 통찰력이 대단한 것이 아니라 진 문주님의 약점을 찾아낸 그자가 대단하다는 말을 하고 싶군요."

 자신을 직접 공격했다면 아마 그는 절대 분노하거나 지금처럼 어이없어 하지는 않았을 것이 분명했다. 하지만 그는 분명 지금 그답지 않게 감정적으로 생각했다.
 사공무경의 반격이 성공적이었다는 증거였다.
 "제갈 대협께 아주 중요한 것을 배웠습니다. 전쟁에서는 수단과 방법을 가리지 말아야 한다고 군에서 배웠는데 적의 방법에 대한 대처법을 생각하지 않고 적의 방법을 치졸하다고만 생각한 것 자체가 제 실수입니다."
 "하나를 알려 주면 열을 깨닫는다는 말이 진 문주님께 꼭 들어맞는 것 같습니다. 그래 이제 어떻게 하실 생각이십니까? 저들 살수는 제가 보아 온 살수들과는 차원이 다른 자들 같은데 진 문주님께서 계속 호위 무사들의 안위까지 걱정하며 다닐 수는 없지 않겠습니까?"
 "대단한 자들이니 그 수가 무한정일 수는 없을 겁니다. 그러니 수하들이 피해를 입기 전에 제가 먼저 찾아내 제거해야겠지요."
 진무성의 방법은 역시 간결했다.
 방어의 최고의 수단은 공격이다.

* * *

 살수들의 죽음에 놀란 또 다른 한쪽.
 엽숙은 진무성의 반격에 다섯 명의 백야혈 요원이 죽

자 급히 모두에게 피하라고 전음을 보냈다. 그리고 모두는 사방으로 도망치는 양민들 틈에 섞여 피하는 데 성공했다.

엽숙이 기겁을 할 정도로 놀란 이유는 진무성에게 죽은 자들이 바로 이번 살행의 공격조였기 때문이었다.

살기를 전혀 보이지 않는 살수들. 거기다 특정한 인물을 겨냥한 것이 아니라 가장 가까운 호위 한 명씩만 죽이고 피하기로 되어 있는 매우 단순한 살행이었다.

백야혈의 살수들은 그들보다 상당히 강한 고수들조차도 제거할 수 있었던 것은 완벽하게 자신을 숨길 수 있는 능력 때문이었다.

진무성이 자주 사용하는 무면술과 비슷한 술법이었다.

거기다 그들이 노린 호위 무사들은 정면으로 싸운다 해도 너끈히 상대할 수 있는 무공 수준을 가진 자들이었다.

그런 그들이 다섯 방향에서 접근을 했는데 진무성의 단 한 수에 모두 죽은 것이다.

[우선 모두 모이라고 해라. 계획을 수정해야 할 것 같다.]

그때 엽숙의 귀로 영주라 불린 노인의 전음이 들려왔다.

그 역시 살행 장면을 멀리서 주시하고 있었다.

이번 살행에 투입된 백야혈은 모두 열 명이었다. 다섯 명은 공격조가 공격을 한 후 쉽게 피할 수 있도록 혼란을 야기할 조였다.

그런데 죽은 자들은 모두 공격조였다.

노인은 진무성이 어떻게 공격조만 그렇게 정확하게 알고 먼저 공격을 해서 죽였는지를 파악하는 것이 급선무라고 판단했다.

단지 팔을 들어 동전 몇 개를 날리는 방법으로 다섯 명을 한 번에 죽인 진무성이었다.

그가 공격조들을 어떻게 알아냈는지를 찾아내지 못한다면 살행을 할 때마다 백야혈의 죽음은 피할 수가 없을 것이 분명했다.

얼마든지 충원이 가능한 일개 호위 무사 몇 명과 십 년 이상을 수만금을 들여가며 키워 낸 백야혈 살수들과의 교환은 비교가 안 될 정도로 대무신가의 손해였다.

엽숙도 심각함을 인지한 듯 즉각 답했다.

[어디로 모이라고 할까요?]

[창룡의 다음 행선지가 형산파로 추정된다. 형산의 입구에 있는 양지현에서 모인다.]

전음을 끝으로 노인이 이미 사라졌다는 것을 감지한 엽숙은 모두에게 지시를 내리고는 그 역시 약속 장소를 향해 몸을 날렸다.

* * *

 진무성이 들른 주루의 입구에는 양민들 수백 명이 모여 있었다.
 양민들의 통행이 빈번한 시전거리에서의 살인으로 이미 현 전체가 술렁거리고 있었다.
 만약 진무성이 아닌 다른 무림인에 의해 벌어진 사건이라면 모두는 감히 밖으로 나올 생각도 못하고 방에 숨어 있었을 것이었다.
 하지만 그들을 죽인 사람이 창룡 진무성이라는 것이 퍼지자 창룡의 얼굴이라도 보겠다고 이렇게 모인 것이었다.
 무림인들 간의 싸움에 휘말려 죽을 수도 있다는 두려움도 진무성의 앞에서는 느끼지 못하는 것 같았다.
 "어허! 가까이 오시면 안 돼요. 거기 마차에 손대지 말아요!"
 주루의 점소이 몇 명이 창룡이 자신들이 일하는 주루에 들른 것만으로도 흥분했는지 어깨에 힘을 잔뜩 주고는 사람들을 통제하고 있었다.
 평상시라면 점소이의 말을 들을 사람들이 아니었지만 지금은 점소이의 말에 고분고분 따르고 있었다.
 주루 밖이 모여든 사람들로 어수선한 가운데 주루의 이

층은 진무성 일행이 모두 모여 심각한 표정으로 회의중이었다.

먼저 있던 손님들도 진무성의 부탁이라는 말에 아무 말 없이 이 층을 비워 주었다.

"살수들이 저희 호위대를 노리고 있다는 것입니까?"

등운객 반천수는 진무성의 설명을 듣자 반문했다.

"확실하다. 살수들이 노린 자는 가장 가까이 있는 호위대원이었다. 그것은 누가 되든 상관이 없다는 의미다."

"치졸한 자들 같으니. 문주님을 노리는 것은 불가능하니 저희들이라도 죽이겠다는 심산이군요?"

호위대장 태대형의 말에 진무성은 고개를 끄덕였다.

"나를 노리라고 만든 외유인데 놈들이 내 의표를 파악하고 이런 방법을 취할 줄은 몰랐다."

"문주님, 혹시 저희들의 신변을 걱정하시는 것이라면 그러실 필요 없습니다. 저희는 문주님을 호위하는 호위대입니다. 또한 천의문의 무력단인 천의단의 단원이기도 합니다. 목숨 따위를 걱정한다면 무림인이 아니라 농사나 짓고 있는 것이 맞지 않겠습니까?"

"맞습니다. 저희는 문주님을 위해 죽을 각오가 되어 있습니다. 적들이 누구를 노리건 저희는 저희들의 임무를 지금처럼 그냥 수행하면 된다고 생각합니다."

반천수와 태대형이 주거니받거니 하며 자신들의 의지를 표명하자 진무성은 고개를 저으며 말했다.

"적들과 싸우다 죽는다면 그건 무림인의 숙명이라고 넘어갈 수 있다. 하지만 살수들에 의해 저항 한 번 못하고 죽는다면 그건 말 그대로 개죽음일뿐이다. 문제는 저들이 바로 옆까지 다가왔음에도 살기를 전혀 느낄 수 없었다는 점이다. 그 정도로 자신의 몸과 마음까지 모두 숨길 정도라면 대단한 수련을 한 자들임에 분명하다."

"그럼 이인일조로 서로를 보호하면서 움직이면 어떻겠습니까?"

"약간의 도움은 되겠지만 여전히 그들의 마수에서 완전히 벗어날 수 있다고는 말하기 어렵다. 그래서 우리도 계획을 좀 바꾼다."

"어쩌시려고요?"

"공지한 동선이 아닌 다른 길로 움직일 생각이다."

진무성은 몇몇 수상한 자들을 이미 발견한 상태였다. 그리고 양민들 사이에서 무공을 지닌 것으로 추측이 되는 자들의 기도 기억해 두었다.

공지한 동선이 아닌 다른 길로 움직였음에도 그가 느꼈던 기를 가진 자들이나 수상하다고 느꼈던 자들이 계속 보인다면 그들이 살수일 확률은 껑충 뛰게 된다.

말하던 진무성의 고개가 계단 쪽으로 향했다. 매우 친숙한 기를 가진 자와 또 다른 일행이 올라오고 있음을 느꼈기 때문이었다.

그리고 곧 진무성이 자리에서 일어났다. 제갈장우 역시 나타난 자를 보자 자리에서 일어나 포권을 했다.

"구룡신개 어르신께서 어쩐 일이십니까?"

"내가 쫓아다니는 거 이미 알고 있었던 거 아니요?"

"글쎄요? 그건 비밀입니다."

"하하하하! 거지 할배가 쫓아다니는 것이 왜 비밀이 되는지는 모르겠지만 이상하게 진 문주가 그러니까 마치 내가 대단한 사람이라도 된 것 같아 기분은 좋구료. 그런데 무림맹에 있어야 할 제갈 군사는 어찌 여기에 있는 게요?"

"선배님과 같은 이유가 아닐까요?"

미소를 지며 답한 제갈장우는 그 옆에 있는 중년 거지에게도 포권을 했다.

"천하에서 가장 바쁘신 순찰천강대장 소천신개께서는 어쩐 일입니까?"

"오랜 만입니다. 제갈 대협."

소천신개 역시 반가운 표정으로 맞권을 했다.

"개방에서 백 년 내 최고의 기재라고 했다는 소천신개 선배님이시군요? 이렇게 만나뵙게 되어 영광입니다. 천의 문주 진무성입니다."

"영광이란 말은 진 문주님이 아니라 제가 해야 할 말 같은데요?"

"아무려면 어떻습니까? 꼭 보고 싶었던 분을 만났다는 것이 중요한 것이겠지요. 그런데 계속 따라만 다니시더니 갑자기 모습을 보여 주신 이유가 있으십니까?"

"방금 전에는 비밀이라더니 결국 알고 있었다고 인정하는게요?"

"역시 비밀입니다."

진무성이 자신들의 체면을 생각해서 그런다는 것을 아는 구룡신개는 더 이상 말없이 소천신개를 보며 말했다.

"소천아 네가 말씀드려라."

"사실은 제가 사숙님과 함께 진 문주님을 쫓다가 수상한 무리를 발견했습니다.

"어떤 자들이었습니까?"

"분명 무림인들 같은데 무공을 배운 흔적이나 기가 전혀 보이지 않았습니다. 게다가 이상할 정도로 이목이 드러나지 않더군요. 그래서 저자들 뭐지 하고 있었는데 아까 진 문주님께 죽은 살수들 중 두 명이 바로 제가 이상하게 느꼈던 자들이었습니다. 아무래도 내가 본 자들이 모두 한편일지도 모른다는 생각이 들었습니다."

"혹시 그자들의 외양을 제게 말해 주실 수 있겠습니까?"
"당연하지요."

소천신개의 장담을 들은 진무성의 입가에는 회심의 미소가 살짝 그려졌다.

그의 기억력은 설화영도 경탄할 정도로 대단했다. 특히 사람의 얼굴을 기억하는 것을 특히 잘했는데 길을 가면서 본 사람들의 얼굴을 모두 기억해 낼 정도였다.

진무성이 동선을 변경하려고 생각한 것도 그를 쫓는 자들을 모으기 위해서였다. 갑자기 행로를 바꿨을 때 즉각 쫓아 올 수 있는 자들이라면 분명 살수들이 껴 있을 것이기 때문이었다.

그렇게 되면 진무성이 조사할 범위를 좁힐 수 있었다.

범위가 좁아졌다고 해서 그들을 무조건 죽일 수는 없었다. 결국 진무성이 밤마다 나가 쫓아온 자들을 일일이 찾아가 오늘 그에게 죽은 살수들과 비슷한 느낌을 주는 자들만 골라서 제거해야 했다.

하지만 추적을 하는 동안 그들이 오히려 진무성 일행이 묵는 객잔을 공격할 경우 큰 낭패를 볼 수도 있다는 점이 가장 큰 문제였다.

주위에 진을 쳐 놓을까 하는 생각도 했지만 사람의 왕래가 잦은 객잔에 진을 쳐 놓는 것도 문제의 소지가 있었다.

만약 얼굴만 알 수 있다면 행로를 바꾸는 불편과 그들을 추적하는 수고를 모두 덜 수 있으니 그로서는 아주 반가운 정보가 아닐 수 없었다.

"그럼 용모파기를 한 번 그려 보시겠습니까?"

"용모파기요? 전 그림을 잘 못 그리는데요?"

"어느 정도 실력인지 한 번 보지요."

무림 고수들은 그림을 배우지 않아도 그림을 잘 그리는 사람이 많았다. 특히 인물화는 화가 뺨 치게 잘 그렸는데 무기를 다루는 수련과 그림을 그리는 훈련 사이에는 일맥상통(一脈相通) 면이 있기 때문이었다.

그러나 무림의 고수라 해도 어느 정도는 타고난 재주가 있어야 하는 법이었다. 하나 문제는 그림 실력이 아니었다.

붓을 든 소천신개가 고개만 갸웃거릴 뿐 그림을 그리지 않았기 때문이었다.

"왜 그러십니까?"

"거 이상하네요? 분명 또렷이 얼굴을 기억하고 있다고 생각했는데 막상 그리려고 하니 얼굴이 흐릿한 것이 그려지지가 않습니다."

소천신개가 곤혹스러운 듯 말하자 구룡신개가 놀란 눈으로 그를 보며 말을 받았다.

"너도 그러냐? 사실 나도 그래서 너한테 말하라고 한

건데?"

 구룡신개는 말이 끝나자 의아한 표정으로 진무성을 쳐다보았다.

 예전 개방에서 진무성의 용모파기를 만들려고 할 때, 진무성을 보았던 자들이 공통적으로 겪었던 무면술과 살수들의 수법이 너무 흡사하지 않느냐는 듯한 눈빛이었다.

 하지만 진무성은 구룡신개의 눈을 모른 척 피하며 말했다.

 "전부 다 그렇습니까?"
 "예, 전부 그렇습니다."
 "오히려 잘 됐군요."
 "용모파기를 만들지 못하게 됐는데 오히려 잘됐을 수가 있겠습니까?"

 큰소리쳤던 소천신개는 지금 상황이 매우 미안한 듯 조심스럽게 반문했다. 진무성이 자신의 체면을 살려 주기 위해 빈말을 한다고 생각했기 때문이었다.

 "용모파기를 받는다 해도 일일이 얼굴을 비교해야 하는 번거로움이 있지요. 하지만 구룡신개 어르신과 소천신개 대협이 그들의 얼굴에서 같은 현상을 느꼈다면 그런 자들만 찾으면 되니 오히려 쉬울 수도 있겠다는 말입니다."

무면술은 마교의 술법이었다.

대무신가가 마교의 후신이니 무면술을 그들이 사용한다고 해서 특히 의아해할 일은 아니었다.

무면술에 관한한 대가의 경지에 든 진무성이기에 오히려 그들을 찾아내는 것이 더 쉬울 수 있었던 것이다.

"진 문주님을 따라다니는 자들이 한둘이 아닌데 어떻게 찾아내시려고요?"

진무성의 의도를 가장 먼저 알아차린 사람은 제갈장우였다. 사실 누군가를 보고 그자의 얼굴을 그릴 생각으로 얼굴을 머리에 그렸을 때, 소천신개가 말한 현상이 나타난다면 바로 그자들이라는 것을 쉽게 찾아낼 수 있었다.

문제는 진무성을 따라다니는 사람의 수도 만만치 않았지만 오늘같이 사람들의 통행이 많은 곳에서는 그런 식으로 누군가를 찾아내는 것은 원칙적으로 불가능하기 때문이었다.

"다행히 제게는 그런 자들을 찾아낼 수 있는 방법이 있습니다."

진무성은 자신 있게 답하고는 구룡신개를 보며 물었다.

"그런데 좀 의아했던 게, 왜 구룡신개 어르신같이 지위가 높으신 분이 저를 따라다니는 험한 임무를 맡고 계신 겁니까?"

"우리가 진 문주 뒤를 따라다니는 것을 오래전부터 알고 있었구려?"

"오래전은 아니고 다른 사람은 몰라도 어르신의 기는 제게 원체 익숙하니까요."

"하긴 진 문주와 노부가 많이 만나긴 만났지."

구룡신개는 은근슬쩍 자신과 진무성간의 친분을 제갈장우에게 넌지시 자랑하듯 말하고는 자신이 직접 따라다니는 이유를 말하기 시작했다.

"진 문주의 행동이 너무 예상이 안 돼서 방주님께서 총단에 허락을 받고 결정을 내리는 것이 너무 느리다고 판단하셨다오. 그래서 노부와 순찰천강대장이 같은 결론을 내리면 방주님께서 허락하신 것과 같은 효력이 있어서 우리가 뒤를 따르게 된 거라오."

구결인 수석 장로와 팔결인 순찰천강대장이 동의할 경우 방주의 결정과 같은 효과를 발휘하기는 하지만 방주의 공식적인 허락이 있어야 한다는 제약이 있었다.

하지만 잘못된 결정을 할 경우 그 책임은 방주에게 있기 때문에 역대 개방의 방주들 중 그것을 허락한 사람은 없었다.

그런데 이번에 그런 허락이 떨어졌다는 것은 개방에서 진무성을 얼마나 중요하게 생각하는지를 말해 주는 것이었다.

그것을 잘 아는 제갈장우는 놀란 표정으로 말했다.

"방주님께서 대단한 결정을 내리셨군요?"

"방규에 있기는 하지만 발동이 된 것은 삼백 년 전 배교의 난 이후 처음이라고 할 수 있지요. 그건 그렇고 진 문주."

"예."

"이 늙은이가 나이가 들어서 그런지 쫓아다니는 것이 너무 힘드는구려."

"그럼 쫓아다니지 않으시면 되지 않겠습니까?"

"그건 안 되지요. 명색이 천하의 모든 것을 누구보다도 빨리 알아내는 정보통으로 불리는 개방인데 진 문주에 대한 소식을 다른 사람에게 들어서 알 수는 없지 않겠소? 그래서 말인데 우리도 같이 동행하면 안 되겠소?"

"전에도 말씀드렸지만 이번 외유는 태평상단의 총수의 자격으로 움직이고 있습니다. 그런데 무림 문파인 개방의 수석 장로님과 순찰천강대장께서 같이 움직인다면 사람들은 상단의 일이 아니라고 판단할 겁니다."

완곡한 거절의 말에 소천신개가 끼어들었다.

"제가 한 말씀 드려도 될까요?"

"말씀하십시오."

"부자가 움직이는 곳에는 거지가 반드시 있습니다. 그것은 만고의 불변이라고 할 수 있지요."

"만고의 불변까지는 아니지만 대부분은 그렇지요."

부자가 지나는 길에는 떨어지는 것이 많은 것은 당연했다. 그래서 부자가 많은 고을에 거지가 많은 이상한 현상이 벌어지는 것도 그 이유였다.

"태평상단은 중원 사대상단에 들어가는 엄청난 곳입니다. 당연히 그 총수는 부자일 것이고요. 그렇다면 거지가 따라다니는 것이 오히려 자연스럽지 않겠습니까?"

어찌보면 억지에 가까운 궤변이었지만 진무성은 뜻밖에도 고개를 끄덕였다.

"듣고 보니 일리는 있군요. 그럼 동행은 안 되고 우리 일행을 따라다니는 것으로 하지요."

아 다르고 어 다르다고 했다.

분명 동행과 따라다니는 것은 달랐다. 하지만 같이 움직인다는 점에서는 대동소이했다.

결론은 진무성이 구룡신개와 소천신개가 일행에 끼는 것을 허락했다는 사실이었다.

"제 말이 정말 일리가 있었습니까?"

허락이 너무 쉽게 떨어지자 오히려 어리둥절해진 소천신개가 반문했다.

"설마 일리도 없는 말을 그냥 막 하신 겁니까?"

"그건 아닙니다. 하지만 많은 무림인들이 저보고 억지스러운 말을 자주 한다고 타박을 해서 말입니다."

"그렇게 들릴 수도 있지만 사람마다 느끼는 것은 다르지 않겠습니까? 저는 소천신개 대협의 말씀이 와닿았습니다. 부자들에게 가난한 사람들이 붙는 것은 당연하지요. 부자가 가난하고 어려운 사람들을 돕는 일도 당연한 만고 불변의 원칙이 되었으면 더 좋았을 텐데 말입니다."

'대인이다! 단목 공자님께서 빠질 수밖에 없는 사람이라고 한 이유가 있었어……'

소천신개는 당장에 진무성이 왜 양민들에게 그렇게 높게 평가를 받는지 알 수 있었다.

그런데 감탄한 사람은 소천신개만이 아니었다.

'부자들도 가난한 사람들을 돕는 일도 만고불변의 원칙이 되었으면 좋았다? 설마 지금 벌이는 일들이 무림인들이 걱정하는 어떤 의도가 있는 것이 아니라 진짜 가난한 사람들을 돕고자 하는 마음으로 행하고 있는 것인가……?'

제갈장우는 진무성에 대해 선입견에 사로잡혀 너무 복잡하게 분석하고 판단한 것은 아닌가 하는 생각이 들었다.

* * *

"창룡의 무공이 대단하다는 것은 익히 들었지만 변변한 초식 한 번 사용하지 않고 단지 암기를 뿌리는 것만으로 백야혈 다섯 명을 그대로 죽일 줄은 몰랐습니다."

진무성이 그들을 제거할 회의를 하는 동안 백야혈 역시 숙의를 하고 있었다.

겉으로만 본 진무성에게서 소문이 부풀려진 것은 아닌가 하는 의구심을 품고 있던 자들도 이번 사태에 경악한 듯 침통한 표정으로 고개를 떨구고 있었다.

"가주님께서 창룡을 직접 상대해서는 안 된다고 말씀하신 이유를 이제 모두 잘 알겠느냐?"

"예!"

노인의 말에 모두는 힘없는 목소리로 답했다.

무서울 것이 없이 자신만만하던 그들의 얼굴에는 더 이상의 자신감은 보이지 않았다.

"우리가 죽일 목표는 창룡이 아니다. 그러니 전의를 잃은 표정은 하지 마라. 비록 창룡이 강하기는 하지만 우리는 백야혈이라는 것을 잊지 마라!"

"명심하겠습니다!"

"엽숙."

"예!"

"창룡이 공격조만을 죽였다. 그 말은 살기를 느꼈다는 말인데 그게 가능하냐?"

"가주님께서 살기를 완벽하게 죽인 자만을 백야혈이라고 하셨습니다. 창룡이 대단하다고는 하지만 살기는 절대 눈치채지 못했을 것입니다."

"그래 절대 눈치를 챌 수 없는데 공격조만 죽는 일이 벌어졌다. 이걸 어떻게 설명한단 말이냐?"

노인의 말에 엽숙도 답을 하지 못했다. 그들이 아는 상식 안에서 있을 수 없는 일이 실지로 벌어졌으니 그들로서는 어떻게 설명을 해야 할지 알 수 없는 것은 당연했다.

그들이 왜 걸렸는지를 알아내지 못한다면 가까이 가는 것조차 함부로 할 수 없었다.

그때, 홍일점으로 다소곳이 앉아 있던 한 여인이 입을 열었다.

백야혈은 수련의 강도가 너무 강하여 강인한 신체를 지닌 남자들도 상당히 많이 죽어 나갔다. 당연히 여인의 몸으로 백야혈이 된 사람은 극소수였다.

여인은 겉으로만 보면 정말 순박한 시골 여인의 모습이었다.

"영주님, 제가 한 말씀 드려도 되겠습니까?"

"말해 보거라."

"백야혈 수련을 받던 중, 혈주님께 불려 간 적이 있었습니다."

백야혈의 수련 중, 여인들만이 받는 수련이 있었는데 술자리에서 암살이었다. 그래서 여인들은 수련을 핑계로 혈주의 술자리에 나가 밤 시중까지 들고 오는 경우가 종종 있었다.

"그래서?"

"그때, 총가에서 높으신 분이 오셨는데 혈주님과 대화를 하시던 중, 백야혈도 잡아낼 수 있는 자가 있으니 조심하라는 말씀을 하셨습니다."

"총가에서 오셨다는 분이 분명 그렇게 말씀하셨느냐?"

"예!"

"그분이 누구신지 아느냐?"

"제가 감히 그분이 누구인지는 알 수 없었습니다. 다만 혈주님께서 형님이라고 하셨습니다."

혈주가 형님이라고 했다면 사공 성을 쓰는 핵심 간부가 분명했다. 노인은 급히 다시 물었다.

"어떤 자가 백야혈을 잡을 수 있다고 하시더냐?"

여인은 잠시 머뭇거렸다.

자신이 생각해도 터무니없다는 생각이 들어서일까……

"말하다 말고 왜 갑자기 뜸을 들이는 것이냐?"

"그분께서 말씀하시기를 자연경에 들면 백야혈의 살의를 느낄 수 있다고 했습니다."

"뭐라고? 자연경? 설마 창룡이 자연경의 경지에 들었다는 말을 하려는 것이냐?"

"저도 터무니없다는 생각이 듭니다. 하지만 그자가 저희 살행을 어떻게 알았는지 전혀 단서가 없다고 하시니 혹시나 하고 말씀을 드린 것뿐입니다."

-자연경(自然境).

도대체 자연경은 무엇일까……

달마대사가 남긴 서책과 어록은 커다란 방을 가득 채우고도 남을 정도로 방대했다.

그는 소림의 기초인 칠십이종의 절기를 만들어 중원 무림의 기초를 제공했고 달마심법 등 여러 심법 및 신공을 만들어 새로운 무공의 지평을 열었다.

그가 저술한 무공 비급의 수 역시 수십 권에 달했다.

그래서 무림인들은 달마대사를 중원 무림의 조종(祖宗)으로 부르는 데 조금의 주저함도 없었다.

하나 달마대사는 무림의 조종 이전에 승려였다. 사람들은 달마대사가 무공 비급보다 더 많은 불서를 저술했다는 점을 간과했다.

달마경은 달마대사의 어록을 수록한 책이었다.

무림비급인 달마진경과 비슷한 이름 덕에 가장 많은 무림인들이 읽은 불서가 된 책이기도 했다.

달마대사는 달마경에서 인간이 자연과 하나가 될 수 있다면 부처가 될 수 있다고 언급을 하면서 자연경이라는 단어를 처음 언급했다.

어떻게 자연경에 도달할 수 있는지 등의 특별한 설명없이 제자들과 나누던 대화 속에서 나온 말이었다.

도가에서 달마경을 읽고 자연경이라는 단어를 차용한 것인지 독자적으로 쓴 것인지는 모르지만 자연경은 도문에서 특별한 능력으로 다시 재탄생을 했다.

자연경에 들면 신선의 능력을 가지게 된다는 것이었다.

둘 다 자신들이 믿는 종교적 의미를 부여한 것이었다. 그러나 무당과 화산 등 도가 문파에서는 무공의 경지에 자연경을 끼워 넣었다.

하지만 자연경의 경지라는 것이 매우 모호해서 어떤 경지를 자연경이라고 해야 할지는 확립이 된 것이 없었다.

무림인들이 일류와 절정 그리고 초절정 고수라 뭉뚱그려 말하지만 초절정 고수는 세분화 된 단계가 있었다.

노화순청의 경지에 들면 입신, 삼화취정 오기조원의 경

지에 들면 화경, 등봉조극의 경지에 올라 이기어검술을 자유자재로 사용할 정도가 되면 현경이라고 했다.

다음 단계인 생사경부터는 생각만으로 사람을 죽일 수 있는 심즉살을 펼칠 수 있다고 믿었다. 하지만 마음만으로 상대를 죽일 수 있다면 그것은 이미 인간이 아닌 신이라고 해도 과언이 아니었다.

그래서인지 생사경의 경지에 도달한 고수들은 무림 역사를 통해서도 손에 꼽을 정도였다. 실지로 그들이 생사경의 경지에 들기는 한 것인지도 확실치 않았다.

하지만 자연경은 어떤 경지가 되어야 자연경에 올랐다고 할 수 있는지에 대한 정의가 없었다.

그래서 생사경의 입문 단계로 보는 사람도 있었고 생사경의 다음 단계로 보는 사람도 있었다. 어찌 됐건 자연경의 경지와 생사경의 경지를 거의 비슷하게 보았다.

다만 자연경의 경지에 오른 사람이 생사경의 경지에 오르는 것은 당연한 수순이지만 생사경의 경지에 오른 사람이 자연경에 도달하는 것은 간단치 않다는 말만 전해지고 있었다.

"진무성이 강하다고는 하지만 자연경은 그 나이에 오를 수 있는 경지가 아니다."

노인은 우선 그녀의 말을 부정했다. 하지만 불안이 엄

습하는 것을 막을 수는 없었다.

 사실 나이로만 따진다면 자연경을 차치하고 지금의 경지도 불가능한 것은 마찬가지였기 때문이었다.

 만약 진짜 자연경의 경지에 올랐다면 이들이 임무나 제대로 완수할 수 있을까?

 한두 명은 죽일 수 있을지도 몰랐다. 하지만 고작해야 호위 한둘 죽이고 백야혈 삼십 명이 죽는다면 그것은 너무 수지타산이 안 맞았다.

 노인의 얼굴은 갈등으로 곤혹스럽게 변해 갔다.

 영주로서 그는 이번 임무에 전권을 가지고 있었다.

 상황이 여의치 않으면 임무를 포기할 권한도 그에게 있었다. 하지만 거기에는 합당한 이유가 있어야 했다.

 진무성이 너무 강해서는 합당한 이유가 될 수 없었다. 그들의 임무는 진무성을 죽이는 것이 아니라 호위 무사들을 죽이는 것이기 때문이었다.

 진무성이 자연경의 경지에 든 것 같다고 한다면 합당한 이유가 될 수 있었다. 하나 무엇으로 진무성이 자연경에 들었다고 판단했느냐고 묻는다면 답이 없었다.

 고심하던 그는 그냥 밀고 나가기로 결정을 내릴 수밖에 없었다.

* * *

"무슨 생각을 그렇게 하세요?"

창 밖의 하늘을 보며 천기를 살피던 설화영은 진무성이 계속 뭔가를 골똘히 생각하자 조심스럽게 물었다.

"사공무경이 내 약점을 간파한 것 같아."

"그자의 능력이라면 필연적으로 알 일이었습니다."

"그래도 나 때문에 나와 가까운 사람들이 죽어 나갈 수도 있다 생각하니까 마음이 좀 무겁네."

"사공무경, 그자를 제거하기 전까지는 안심할 수 있는 것은 아무것도 없을 것입니다."

그녀의 말에 진무성은 검미를 좁히며 물었다.

"그자가 영 매도 노릴 거야."

"어차피 그자는 제가 어렸을 때부터 저를 죽이려고 했습니다."

"그때는 영 매에 대해 몰랐잖아? 하지만 이젠 영 매에 대해 알고 있어. 위험 예지만으로 피하기는 어려울거야."

"대신 지금은 상공께서 저를 보호해 주시잖아요? 저는 지금이 더 안전하다고 생각합니다."

"내가 영 매 옆에만 있을 수 있다면 걱정을 할 필요가 없지. 문제는 내가 영 매 곁을 점점 더 자주 떠날 때가 많아질 거라는 점이야."

"사공무경 그자의 능력이 상상하기 어려울 정도로 대단한 것은 분명하지만 상공이나 저의 움직임에 대해서는 예지를 못하고 있는 것이 분명합니다. 그래서 상공을 흔들려는 것 같아요."

"그자의 방법이 지금 내게 통하고 있는 것 같아."

진무성은 자신이 고심을 하고 있는 것 자체가 흔들리고 있음을 보여 주는 것이라고 판단하고 있었다.

"그렇다면 다행이네요."

설화영의 말에 진무성은 의아한 눈으로 그녀를 보며 반문했다.

"오히려 다행이라고?"

"솔직히 가끔 상공의 행동에서 원래의 상공과 마노야가 혼재된 모습이 보이곤 했습니다. 그런데 이번 저들의 방식은 마노야라면 눈 하나 까딱하지 않을 별 볼 일이 없는 방식이었을 겁니다. 하지만 상공께서는 지금 이 일을 매우 중시하고 계시잖아요?"

"나를 믿고 천의문에 입문하신 고마운 분들인데 살수 따위에게 죽임을 당하게 할 수는 없잖아?"

"다행이라는 단어보다는 안심이라고 하는 편이 맞을 것 같네요. 상공께서 호위 무사 같이 낮은 위치에 있는 분들 이렇게까지 생각하시니 마노야는 절대 아니라는 증거가 아니었겠습니까?"

설화영의 말에 진무성은 멈칫 하는 듯하더니 결국 얼굴에 웃음을 보이고 말았다.

어떤 상황이건 진무성에게 좋은 쪽으로 해석하는 그녀의 마음이 느껴져서였다.

"영 매와 대화를 하면 기분이 풀리는 것은 분명한 것 같네."

"호호~ 그렇게 생각해 주시면 저야 감사하지요. 그런데 상공."

"응?"

"태 대장과 반 부대장의 대화를 들었는데 이번 살수들은 전혀 살기를 느끼지 못했다고 하더군요. 아니, 살기는커녕 아예 다른 양민들 보다도 더 신경을 쓰지 않았다고 했어요."

"내가 쓰는 무면술하고 비슷한 술법이야. 마노야 때 보다 많은 시간이 흘러서 변형이 되기는 했지만 분명 기본적으로 같아."

"그리고 그들이 노린 것이 상공이 아니라 호위 무사들이라는 거잖아요?"

"내가 느낀 바로는 그래."

"상공께서는 그걸 어떻게 느끼셨어요?"

진무성이 계속 호위대와 방어에 대해 의논하고 제갈장우와 구룡신개 등을 만나는 등, 그녀가 질문할 시간이 없었던 것을 물었다.

"영 매가 왜 그것을 궁금해할까?"

"그건……."

잠시 머뭇대던 그녀는 결심한 듯 다시 말을 이어 갔다.

"상공의 관상에 변화가 좀 생기셨어요. 그래서 그때 뭔가가 있었다는 생각이 들었습니다."

"관상이 변했다고?"

"많은 변화는 아니지만 분명 미세한 변화가 있습니다."

"잠깐의 변화야 아니면 그 변화가 지금도 계속 유지되고 있어?"

"관상은 한 번 변하면 또 다른 특별한 계기가 없으면 그대로 유지가 됩니다."

"어떤 변화일까? 혹시 영 매와 행복하게 지낼 수 있도록 노년 운이 더 좋아졌을까?"

약간의 농이 섞였지만 진심도 많이 들어 있는 반문에 그녀는 미소를 지으며 답했다.

"그런 변화라면 정말 좋았겠지만 그런 자세한 것은 여전히 보이지 않았습니다."

"그럼 어떤 변화가 생겼다는 거야?"

"상공의 관상은 다른 사람들과는 달리 정확하게 보이지를 않습니다. 전에도 말씀드렸다시피 상공의 몸에 두 개의 정신이 들어 있어서 그런 것 같은데…… 그 모호함이 더욱 선명해지셨어요."

"모호함이 더 선명했졌다? 굉장히 모순적인 말이네?"

"저도 모순적이라는 거 알아요. 그런데 달리 표현할 말이 없었습니다."

"어떤 면에서 그렇게 표현을 할 수밖에 없다는 거야?"

"우선 살기도 보이지 않는 살수들을 어떻게 제거하실 수 있었는지 말씀해 주시겠어요?"

그녀의 말에 진무성은 잠시 당시 상황을 다시 생각해 보았다. 사실 그는 그들을 어떻게 알아채고 죽였는지에 대해 아직 자세히 생각해 보지 않았었다.

그동안에도 그를 노리던 암살자들은 꽤 많았고 그들은 모두 진무성에게 죽었다. 이번 일도 그런 사건들 중의 하나로 치부했기 때문이었다.

하지만 그녀의 말을 들으니 그때와는 뭔가 다르다는 것을 자각할 수 있었다.

"그러고 보니 좀 다른 것 같기는 하네? 그때 제갈 대협과 대화 중이었나? 갑자기 다섯 곳에서 호위 무사들을 죽이려고 한다는 생각이 들었어. 시간이 너무 없어서 나도 모르게 암기술을 펼쳤고…… 그런데 살기가 아니라 그들의 죽이려는 마음을 내가 읽은 것 같아…….″

 상대의 생각을 읽는다는 독심술이 실존하는지는 알 수 없지만 분명 진무성 같은 식으로 갑작스럽게 그것도 여러 명의 마음을 동시에 읽는 방식은 분명 아니었다.

 한마디로 독심술은 분명 아니라는 의미였다.

 그렇다면 그것은 무엇일까……

 진무성의 말을 잠시 분석하던 설화영은 고개를 끄덕이며 말했다.

 ″상공의 몸에 변화가 생긴 것이 바로 그때인 것 같습니다.″

 ″갑자기 그들의 공격을 느낀 것뿐인데 그게 사람의 일생을 말해 준다는 관상까지 바뀌게 할 정도라는 것이 말이 될까?″

 ″말이 되고 안 되고의 문제가 아니라 실지로 변했다는 것이 중요하다고 봐요. 그 변화가 무엇이 중요한 지를 우리가 아직 이해를 못하고 있을 뿐, 사실은 굉장히 중요한 변화가 있었다는 것을 의미하는지도 모릅니다.″

 ″중요한 변화라…….″

 설화영의 말에 진무성은 눈을 감고는 당시의 상황을 다

시 한번 반추했다.

 그는 제갈장우와 화기애애하게 대화를 나누고 있었다. 물론 그 와중에도 그의 기는 사방에 넓게 펼쳐져 수상한 움직임을 감지하고 있었다.

 하지만 살기를 보이지 않은 백야혈의 살수들은 진무성의 기에 걸리지 않고 호위 무사들에게 상당히 가깝게 접근했다. 그리고 약속이나 한 듯 거의 동시에 공격에 들어가려고 했다.

 그리고……

 주위의 움직임이 정말 찰나보다도 짧은 시간 동안 잠시 멈춘 것 같은 순간이 있었다. 너무 짧아서 자세히 반추를 한 지금에게 자각을 할 수 있었다.

 "……그거였구나?"

 "뭔가 발견하셨어요?"

 설화영은 그의 표정에서 뭔가를 알아냈다는 것을 직감하고는 급히 물었다.

(창룡군림 19권에서 계속)

환상이 숨쉬는 공간 파피루스 blog.naver.com/gnpdl7

서생, 제갈현몽은 꿈을 꾸었다
무와 협이 아닌, 마법과 모험이 공존하는 신세계를!

『무림 속 마법사로 사는 법』

제갈세가 방계 중의 방계로서
표국의 문사로 일하던 제갈현몽

꿈에서 깸과 동시에 마법을 깨우치고
비범한 활약을 통해 명성을 떨치며
감당하기 힘든 별호를 얻게 되는데

"무후재림께서 오셨다! 무후재림 만세!"
"앗······ 아아······."

세상은 영웅을 원하고, 출사표는 던져졌다
고금제일의 마법사, 제갈현몽의 행보를 주목하라!

김형규 신무협 장편소설